春の真ん中、泣いてる君と恋をした

佐々森りろ Riro Sasamori

アルファポリス文庫

https://www.alphapolis.co.jp/

目次

プロローグ

それはまるで、晴天に降るにわか雨のように静かで……

満開の桜に吹き付ける春一番のように力強く。
気を緩めてしまえば涙が溢れ出てきそうなほどに、切ない旋律だった。

かすかに聞こえてくる音を、耳だけを頼りに探す。
澄み渡る空の蒼に、遠く灰色の雨雲が見えた。
ぽつり。鼻先に落ちてきた細い雫。

見上げた空にいくつも透明な線を描いていた。
太陽の光で、雨の線は金色にも銀色にも見える。
幻想的な空、眩しい煌《きら》めきに目を細める。

ふいにまた、耳に流れくる音。

切なくて、悲しい旋律は、祝福の喜びも含んでいるような。

そんな優しさも感じた。

第一章　「再出発」

高一の終わり、両親が離婚した。

小さい頃に見せてもらった結婚式のDVDを思い出す。

挙式会場として飾り立てられた展望レストランが、会場だった。壁一面がガラス窓になっていて、澄み渡る蒼い空が近くて、まるで宙に浮いているようだったことを覚えている。ふわりと花のように笑う母と、どこかぎこちないけれど、とても嬉しそうな笑顔の父。厳《おごそ》かな雰囲気の中、奏《かな》でられるピアノから始まり、ゆっくり母と祖父が入場してくる。永遠の愛を誓い合う二人の姿は、幸せそうなオーラに包まれて見えた。父が上げたベールから見えた母はとても美しかった。

それから、DVDの場面は桜吹雪舞い散る庭へと変わって、たくさんの人の手から祝福の花びらが降り注いだ。純白のウェディングドレスとタキシードに花びらが色を添えている。

周りの人達も、母も父も、とても幸せそうな顔をしていると思った。

あたしは、何度も、何度も、幸せそうな二人を飽きることなく繰り返し見ていた。

あたしもいつか、こんなふうに幸せになりたいと、ずっと思っていた。思っていたのに……

電車に揺られるあたしは、いつの間にか眠っていたらしい。

夢を見ていた。

幸せだけど、とても切なく悲しい気持ちが胸の中に広がる。

「奏音《かの》、おばあちゃんち、覚えてる？」

母がそっと聞いてきた。まだぼんやりとする頭を振って、目を軽く擦ってから、

「……覚えてるよ」と電車の走行音にかき消されてしまいそうなくらい小さな声で答えた。

「今日から、おばあちゃんちでお世話になるからね。学校も近くだからさっそく見学しようね」

優しく、あたしを慰めるように母がゆっくりと伝えてくれる。

あたしは視線を前のガラス窓へと上げて、流れゆく外の風景を眺めた。

都会の高いビルも目立った建物もない、だだっ広い田園風景が流れて行く。晴天の雲ひとつない空の向こうには、てっぺんの方の木の輪郭までくっきりと見えるくらい近い距離に山があった。

懐かしい。この景色を見てそう思えるのは、あたしがこの場所に小学二年生の頃まで住んでいたからだ。

三年生へ上がるタイミングで、父の転勤が決まって横浜へ家族で引っ越してしまったのだけど。

「ごめんね、何度も奏音を振り回してしまって」

母の声が、ガタンっと揺れる電車の音に掻き消されそうなほど小さく聞こえる。

ようやく完全に覚醒した頭を働かせて、あたしは母の肩を軽く叩いた。

「もう大丈夫だからって、あっち出る前に言ったじゃん。あたしは友達作るの上手いんだから、どこでだってやっていけるよ。お母さんこそ心配なんだからね。しっかりしてよ」

見れば、母はまた目に涙を浮かべていた。向こうを出る前に「泣くのはやめて」と言ったばかりなのに。

「だって……私が実家に帰りたいってわがまま言っちゃって……奏音のことお友達とも離れ離れにしちゃったし……」

うぅっと嗚咽《おえつ》を漏らしながら、ついに泣き出してしまった母に、あたしは慌ててしまう。周りを窺《うかが》えば、都会のようなすし詰め状態ではないし、人はまばら。むしろ閑散としているから、余計に嗚咽《おえつ》が響いているんじゃないかと感じてしまう。

「だから、言ったでしょ？　向こうの友達とはこれで繋がっているし、離れ離れになったなんて思っていないよ」

母の嗚咽《おえつ》を遮るように、あたしはスマホを取り出してみせた。

SNSでいつだって会話は出来るし、場所が変わったとしても、今まで仲良くなった友達はずっと友達だと思っている。

「ね、あたしの心配はいらないから。お母さんは自分の心配をして？　仕事とか探さなきゃないでしょ？　あたしだって自分で学校を決めれたんだから」

「……奏音……」

まっすぐに母の潤んだ瞳を見つめると、また泣き出してしまった。

呆れてため息を吐き出しつつ、あたしは母にハンカチを渡す。母はそんなあたしを見上げて、赤い目のままで笑った。

「……ごめんね、着いたらもう泣かないね。ありがとう奏音」

「……うん」

母は強い人だと思っていた。

こんなに泣き虫で、弱かったなんて知らなかった。いつもあたしのことを心配してくれて、励ましてくれて。ずっとそばで支えていてくれたから。

父と別れて、母はひどく落ち込んでいた。ようやく、実家に戻る決心がついたんだろうけど、まだ心には波があるようで、時々一人で泣いているのを見てきていた。

だから、もう泣いてほしくない。

あたしは、母よりも強くいなくちゃいけない。泣いてなんていられない。

今度は、あたしが母の事を心配して励まして、そばで支えていてあげたい。

きっと、母にだってすぐに友達が出来る。だって、あたしの母は世界一、優しいんだから。

「お母さん、アイメイク全滅だよ？　ヤバいって。はい、これ」

ハンカチで擦ってしまったからか、余計にメイクが剥げて瞼《まぶた》が赤くなってしまっている。あたしはポーチの中からパウダーを取り出して、鏡と一緒に渡した。するとようやく、母が笑った。

「やだぁ、酷い顔」

「ほら、とりあえず風送って冷やして、それで誤魔化しなよ」

手をうちわのようにしてあたしは母の顔に風を送る。

鏡の中の自分の顔に、ガッカリと肩を落とす母に思わず笑ってしまった。

「もう、やだぁ、笑わないでよ」

母は可愛い。そんな可愛い母を、きっと父は好きになったんだと思う。それなのに、どうして離婚することになってしまったのだろう。父と話す機会がなかったあたしには、それが分からない。今は、母が笑顔になってくれれば、あたしはそれでいい。

到着駅に降り立つと、ふんわりと春の匂いが鼻を掠《かす》めた。

日陰にはまだ、積雪の名残《なごり》が残っている。だけど、草花はもう春を今か今かと待ちきれずに成長していて、太陽の日差しが香りを舞い上がらせていた。

「奏音、おばあちゃんちの近くに住んでいた、恭太《きょうた》くんって覚えてる？」

歩きながら、母があたしの方を見てにっこりと笑う。

その名前は、あたしの記憶にしっかり残っていた。

「知ってるよ！　恭ちゃんでしょ？」

「あら、そんな風に呼んでいたんだっけ？」

ふふ、と懐かしそうに笑う母。

「恭太くんに、奏音の学校案内を頼もうかなぁって考えていたんだけど、どうかな？」

「……え、お母さん、恭ちゃんと連絡取り合ってたの？」

思わず頬を膨らませて母を見ると、優しく微笑んでくる。

「ううん、恭太くんのお母さんとよ。こっちにいた時からお世話になっていたし、向こうに行ってからも連絡を取り合って仲良くさせてもらっていたの」

「そうなの？　知らなかった」

「今春休み中でしょ？　天気もいいし、おばあちゃんに挨拶したら、お散歩がてら学校見学に連れてってもらってきたら良いんじゃないかなって」

「うん！　行く、行きたいっ」

「良かった。じゃあ、道香《みちか》さんに連絡しておくわね」

さっそくスマホを取り出した母を横目に、あたしは記憶を辿る。道香さんというのは恭ちゃんのお母さんの名前だ。

……恭ちゃんかぁ。懐かしいな、何年振りだろう。

急に決まった父の転勤で、きちんとお別れも言えずにここから離れた気がする。あの頃の友達にも、もしかしたら会えるかもしれないんだ。

スマホなんて持っていなかった小学生のあたしには、みんなとの繋がりは何もなくなっていた。もちろん、幼馴染だった恭ちゃんとも。お互い高校生。きっと、すっごく大人になっているんだろうな。

急に吹いてきた突風に暴れる髪を押さえて、空を見上げた。あたしの頬に何かが張り付く。

それは、どこから飛んできたのか、薄桃色の花びらだった。

桜……？

あたりを見渡すけれど、桜の木はどこにもない。

そっと、首から下げていた透明なスマホケースに花びらをしまった。

駅前から母と一緒にタクシーに乗り込んだ。

母がおばあちゃんちの住所を告げると、すぐに運転手の白髪のおじいさんは柔らかい笑顔で頷いて、車を出発させた。町並みから少し外れて坂を上る。田んぼ道に家が遠く見えてきた。


タクシーから降りると、目の前に広がる風景に懐かしさが込み上げてきた。胸の中がじんわりと熱くなる。

手入れされた広い庭と畑。鬱蒼《うっそう》としていて子供の頃は不気味に見えていた家の後ろを囲む杉林は今見ると木漏れ日が差していて、まるで童話の森のようだった。

縁側のある平屋の住まいは横に広く、何部屋もあった気がする。そんな記憶の中でも、はっきりと覚えていた磨《す》りガラスの玄関の前で、あたしは感激していた。

「わぁ、おばあちゃん変わらないねー！」

「いらっしゃい、待ってたよぉ」

白髪は増えたように感じるけれど、おばあちゃんの小柄で少しふっくらとしたまあるい姿と、腰の曲がり具合と笑顔はあの頃のままだ。

あれ？　でも、一つだけ違和感。

「おばあちゃん、ポチは？」

犬小屋は見えるけれど、そこでいつもあたしが来ると耳を塞ぎたくなるほどうるさく吠えていたポチの姿がない。あたしはポチが苦手だった。だから、吠えられないに越した事はないのだが、いないはいないで、なんだか物足りない。

あたしがそう言うと、おばあちゃんは少し悲しそうな顔になった。

「ああ、ポチはねぇ、去年亡くなったんだよ。もうずいぶん長生きだったから。ポチも、もう一度奏音ちゃんに、会いたかったかもねぇ」

「そう、なんだ」

そうだよね、ポチはあたしが生まれる前からこの家にいたんだ。

でもそっか、もう、いないのか。

空の犬小屋を見て、寂しい気持ちになった胸元に手を置き、キュッと握った。

「ばあちゃんもしばらくは寂しくて、新しい子を迎え入れようかとも思ったんだけどね、もう自分のことだけで精一杯だなあって、諦めたんだよ」

ふふふと笑うおばあちゃんは、どこかやっぱり母と似ている。

おばあちゃんは、おじいちゃんが亡くなってからポチと暮らしていた。去年ポチが亡くなってからは、一人きりでこの大きな家にいたのかと思うと、やっぱり寂しい気持ちになった。

「おばあちゃん、一人でここにいて、寂しかったよね？」

あたしがそっとおばあちゃんの丸くなった肩に手を当てて言うと、おばあちゃんの細い目尻に皺《しわ》が増えていく。

「ふふふ、近所の人達がみんな家族みたいなもんだからねぇ、寂しくなんてないよ。そんなふうに思ってくれる奏音ちゃんは、優しい子だねぇ」

「お入り」と家の中へ曲がった腰を少しだけ伸ばして、おばあちゃんは玄関の段差を壁に手を置いて体を支えながらゆっくり進んでいく。

母がそっとあたしの耳元で囁いた。

「おばあちゃんね、奏音が来ることをとても楽しみにしていたのよ。あたしも、いつまでもクヨクヨしていないで、頑張らなくちゃね」

「……お母さん」

「じゃあ、ただいま、しようか？　奏音。ここからまた、お母さんも奏音も素敵な生活を送っていけるように」

「うん」

二人で並んで、まっすぐに姿勢を正す。

伸ばした指先に力を込めて、一度互いに目を合わせた。それを合図に、「「ただいま」」と声を揃えて一歩を踏み出した。

＊

居間に座って窓から庭を眺めた。雀が物干し竿にとまっている。おばあちゃんが緑茶を急須から湯呑みへと注ぐ音と雀の囀《さえず》りしか聞こえない。

今まで騒がしい場所に居たんだなと実感する。

それぐらい、外から聞こえる物音は、時折吹く強めの風に揺れて擦れる葉や枝の軋む音だけだった。

横浜で過ごしてきた思い出話をしていると、開いていた窓からざかざかと庭の砂利を踏む音が聞こえてきた。

「おや、恭太くんかな？」

おばあちゃんが湯呑みをテーブルへ戻すと、ゆっくりと腰を上げて立ち上がった。

玄関から、話し声が聞こえてくる。

「こんにちは！　とき子さん今日も変わりないっすか？」

「こんにちは、ありがとうね、変わりないよ。お入り」

元気いっぱいな男の子の声が聞こえてきて、あたしはドキッと心臓が高鳴る。

おばあちゃんがさっき、「恭太くん」と言っていた。

もしかしたら、数年振りの恭ちゃんとの再会かもしれない。

ギシギシと軋む廊下を歩いて居間に現れたのは、ガラス戸ギリギリの高い背丈をした短髪の男の子だった。戸を潜《くぐ》り抜けるように部屋の中へと入ってくる。

健康的な小麦色の肌に、白いTシャツから伸びる腕は筋肉質だ。

何かスポーツでもやっているんだろう。

その姿に圧倒されながら視線を上げると、ぱっちりと見開いた二重《ふたえ》の瞳と目が合った。

その瞬間、くるりと彼の瞳が煌《きら》めいた。

「マジで奏音ちゃんなの⁉」

驚きの中に喜びが混じったような声で笑顔を見せた彼は、あたしの記憶の中の面影の恭ちゃんとぴったり重なった。笑った時に見える八重歯と両頬のエクボ。見上げるくらいの体格を除けば、あの頃の恭ちゃんそのままだ。

「恭ちゃん……、恭ちゃんだぁ」

胸にじんっと熱いものが込み上げる。

「なんだよ、めちゃくちゃ可愛くなってんじゃん！　奏音ちゃん！」

あたしの目の前に座って、恭ちゃんがニッと笑う。それに釣られて、あたしも照れながら笑顔になった。

「か、可愛いとか、恭ちゃんこそ」

「え！　俺も？　マジで？　かっこよくなった⁉」

テーブルに両手を付いて、どんどん乗り出して近づいてくる恭ちゃんに、あたしは思わず大笑いしてしまう。

「あははは！　ぜーんぜんっ変わらないねー！」

元気いっぱいなとこも、声が大きいとこも、笑った顔も。大人っぽくはなっているけれど。

「あの頃のまま大きくなったって感じで、嬉しい！」

「えー！　カッコいいって言ってほしかったんだけど！」

すぐ目の前まで迫っていた顔はガックリと項垂《うなだ》れた。と、思えばすぐに頬杖をついて、満面の笑みを浮かべて、こっちを見つめる。

そんな恭ちゃんを見つつ、母は嬉しそうに笑った。

「恭太くんは変わらず元気ね。安心したわ」

「あ！　奏音ちゃんのお母さん？　お久しぶりです……で良いんすかね？　すみません、お母さんの顔までよく覚えてなくて」

恭ちゃんは母に向かってペコッと頭を軽く下げて笑う。

「ふふふ、奏音のことを覚えていてくれただけで十分よ。恭太くんに、奏音のこと任せてもいいかしら？」

「え！　はいっ！　もちろんっす！　やった」

なぜか小さくガッツポーズをしている恭ちゃん。

そんなこんなで、恭ちゃんが今から学校案内をしてくれるということになった。母とおばあちゃんに送り出されて、あたしは恭ちゃんと並んで歩き出した。

でも、途端に恭ちゃんは静かになった。しばらく二人で並んで歩く。

さっきまで元気だった恭ちゃんがあんまり喋らなくなったのが不思議で、あたしは見上げるように恭ちゃんの顔を窺《うかが》う。あたしの視線に気が付いたのか、一瞬恭ちゃんがこちらを見た。でも、目が合ったはずなのにすぐに逸らされた。

「……恭ちゃん？」

「……ん、何？」

「もしかして、学校案内、面倒だって思ったりしてない？」

せっかくの休みなのに、きっと予定があったのかもしれないのに。母からの連絡で、恭ちゃんはあたしのことを案内する役を突然頼まれて来てくれたけど、迷惑だったんじゃないかな。

「んなわけない！　ってか、むしろ……嬉しいって、言うか……なんて、言うか」

慌てて大きな声を出したかと思うと、最後は聞き取れないくらいに小さくなっていく声。

俯《うつむ》いて耳を赤くした恭ちゃんの姿に、一瞬目を瞠《みは》る。

恭ちゃんはそのまま足を止め、真面目な顔で言った。

「奏音ちゃんが突然転校していっちゃってさ、俺、寂しかったんだよ。だから、戻ってきてくれてすっげぇ嬉しい」

その真剣な瞳に、胸の中がじんわりと暖かくなった。

「……うん、あたしも嬉しい」

両親の離婚で、あたしだって気持ちが落ち込んでいた。昔住んでいた場所だからって、すぐに馴染める自信だってそこまでなかった。だけど、今は恭ちゃんがいてくれることがとても心強い。

あたしたちは再度、学校へと向かう道をゆっくり歩きだした。

小さい頃の記憶って意外と覚えているもので、あたしは学校までの道のりでいろんなことを思い出した。

視線の先にある大きな木が目に留まる。

「あ、あそこって……」

「お！　覚えてる？　よくあそこで集まって遊んだよな」

「やっぱり？　懐かしい。でもあんなに狭かったかなぁ」

大きな木の下、空き地になっているその場所でよく鬼ごっこやかくれんぼ、ピクニックをしたはずだ。

「俺も思ったそれ！　あの頃は大草原ってくらいに広く見えてたのに、不思議だなって」

「あー、わかる！　大草原っ、どこまでも走っていける気がしてた」

「大きくなったんだよ、俺ら」

「……確かに。恭ちゃん、あたしと変わらない身長だったはずなのに、見上げるくらいに大きいし」

「毎日牛乳飲んで鍛えてるからな！　奏音ちゃんと見える世界があの頃は一緒だったけど、今は俺の方が遠くまで見渡せる」

額に手を当てて行く道の先を見つめる横顔が、こちらに向き直る。

「だからさ、なんでも頼ってくれて良いからな。その……俺も奏音ちゃんに、頼られたいし」

照れたように頭を掻いて、こちらを向いた恭ちゃんに微笑んだ。

「うん、頼りにしてます」

「お、おう！　まかしとけ」

ひらり。

あたしの桜色のワンピースを強い風が揺らした。

蒼い空に、いくつもの薄桃色が飛ぶ。

「わぁ、桜？」

舞い落ちてきた花びらを眺める。

「そう、高校の敷地内の桜だよ。ちょうど今ほぼ満開！」

恭ちゃんの指差す方向に、坂道を登るように桜の木が並んでいた。登りきったすぐ横に、桜花《おうか》高等学校と書かれた門。

「あそこが、俺の通ってる高校。で、奏音ちゃんがこれから通う高校だよ」

坂道は薄紅色の絨毯《じゅうたん》のようだった。それでも、見上げた桜の木にはまだまだ満開の桜が隙間なく咲き誇っている。

ざぁっと吹いた風が、落ちた花びらを舞い上がらせて飛んでいく。ちょうど坂を上り切ったあたしは、そんな風と一緒に後ろを振り返った。暴れる髪の毛を押さえて、街の景色に息を呑む。

真っ青な空には雲が滲《にじ》むように所々に広がっていて、遠くの山までくっきりと一望出来た。

「わぁ、きれい……」

「最高の通学路だよ。あ、学校の屋上はもっといいよー」

「え！屋上があるの？それ、嬉しいっ」

屋上からの景色とか、屋上でお弁当を食べたりするのは、あたしの密《ひそ》かな夢だった。

中学校には屋上はあっても立ち入り禁止で、登ったことなどなかったから。むしろ、学校は街の中にあったし、たぶんここまで壮大な景色は上がったところで期待するほどではなかったのかもしれない。

だけど、ここからでさえこんなに綺麗な景色なのに、さらに高いところに登れるなんて、考えただけでワクワクしてくる。

「あ、でも、屋上は本来立ち入り禁止で。俺はたまに見つからないように行っているだけだから……」

あたしの言葉に、恭ちゃんが急に焦り出し、だんだん小声になっていく。

思わず目を見開いた。

「え、恭ちゃんって、不良？」

真面目だけどヤンチャで、優しいけどイタズラ好きだった恭ちゃん。

もしかして、学校では不真面目なタイプなのかな？

「い、いや！　決して不良じゃない！　まぁ、真面目かと言われれば、そうですとは言えないかもしんねーけど、決して！」

断固として否定する恭ちゃんは、ますます怪しく見える。「ほら、行こう」と、慌てて校門へと先を急ぐ恭ちゃんの後ろを、あたしは乾いた笑いをしつつゆっくり追いかけた。

「あっれー？　恭太今日部活休みっしょ？　なんで居んの？」

恭ちゃんよりも少し遅れて門に足を踏み入れたあたしは、前から来た、見るからに柄の悪そうな男子に声をかけられている恭ちゃんを見て、思わず門の反対側へと身を隠した。

「おう、武人《たけと》こそ、部活？」

「いーや、補習」

「あは！　まじか！　春休みになってまで補習とかあんの？　大丈夫？　俺と一緒に進級出来んの？」

「あー、まじやべぇかも。まぁ、なんとかなるっしょ」

話している内容からして、やっぱり柄が悪い。もし、恭ちゃんが不良だとしたら、恭ちゃんの周りにはあんな人ばっかりなのかな？　ちょっと嫌なんだけど。と、素直に思ってしまう。

あたしは二人にバレないように、一人で裏の方から学校の奥へと進んだ。

第二章「ピアノに誘われて」

ピアノの音がかすかに聴こえた。

進んだ先にも多くの桜の木が並んでいる。

先ほど校門の真ん前にあった、真新しい白亜の校舎のすぐ隣。元は同じように白かっただろう壁が薄汚れて灰色にくすんでいる古い校舎があるのに気が付いた。

学校見学なのに、いかにも使われていなそうなそこから向かうのは間違っているんだろう。そうとは思いつつも、あたしは傾斜に生えた桜の木の下を、慎重に進んだ。

満開に咲いている桜の木の下を抜けながら、懸命に音のする方へと足を進める。小枝を踏む音と草を擦る音が、ピアノの音に混じって行く手を邪魔する。

それでも、なんとかひらけた場所に抜け出した。

ベージュ色のカーテンが少しだけはみ出た窓に辿り着く。

強い風が、あたしの肩まで伸びたまっすぐな髪を舞いあげる。それと一緒に流れ込んできた音が、耳にはっきりと聞こえてきた。

何度も聞いたことのある、あたしの知っている曲だ。

――あの教室からだ。間違いない。

綺麗。だけど、とても切ない。喜びに満ちているようなのに、なぜかとても悲しい。

湧き上がる感情が、涙腺を熱くする。

ぐっと涙が落ちそうになるのを堪《こら》えた。

カーテンに手をかけようとすると、同時に強い風が吹きつけてきた。

窓の隙間から春の暖かい香りをたっぷり含んだ風が、桜の花びらと共に一気に教室の中へと入り込んでいった。

途端に、静まり返る教室。

窓は、ほんの二十センチほどしか開いておらず、ガラス窓に反射する太陽のせいで中の様子はよく見えない。

「……誰か、いる？」

警戒するような低い男の人の声がした。

誰が弾いているのかなんて気にもしないで、ただの好奇心でここまで来てしまったことを、今更後悔する。だけど、もう遅い。

ガラリと大きく窓が開く。

「……あ」

すぐ目の前まで来ていた彼の姿が半分。

見上げた顔はまだ影になっていて見えないけれど、かすかに口元を緩めたのが目に映った。

「君、桜だらけじゃん。何？　春の妖精かなんかなの？」

ふふっと笑う声は軽やかで――

ひらり。

あたしと彼の真ん中で、桜がひとひら舞い落ちた。

「おいでよ」

窓を大きく開けると、彼が手を差し伸べてくれる。踏み台になりそうなコンクリートの段差はあるものの、窓の下の壁をよじ登るのは一応女の子としてどうなのかとは思ったけれど。

ようやく少しだけ見えた彼の頬に伝った涙の痕があることに気が付いて、あたしは自分の目元を拭ってからその手を取った。

なんとか窓の桟《さん》を乗り越えて室内へと踏み入った。

今度は、窓がしっかりと閉められる。

「あ、靴は一応脱いでね。汚れたら掃除するの面倒だから」

足元に視線を向けられて、慌ててあたしはスニーカーを脱いだ。

買ったばかりの新しい真っ白いスニーカーだ。それを片手に持って、あたしはさっき風で舞い上がってぐしゃぐしゃになっていた髪の毛を手で梳《と》かした。

ひらり、ひらり。

花びらが二枚。足元に舞い落ちる。

「そこの桜の木の下、潜《くぐ》ってきたんでしょう？　まだ付いているよ」

彼の手が、下を向いていたあたしの頭にそっと触れた。

目の前に影が出来て、ゆっくり顔を上げれば、彼はあたしと同じ高さに屈んで微笑んでいる。

ドキドキと鼓動が高鳴っていくのを感じた。

目にかかる前髪がサラリと流れる。耳から襟足までも長さがあって、染めてそうに見える明るいブラウンは傷《いた》みを知らずにまっすぐで、艶《つや》やかだ。

吸い込まれそうな白く透明感ある肌に、ピンクに色付く目元が目立つ。

「……綺麗」

思わず、そんな言葉が呼吸するように出てしまった。

切れ長の目をした彼の目が、ますます細くなる。

「そうだね、今年の桜はほんと綺麗だ」

摘《つま》んでいたひとひらの花びらを眺めて、彼は愛おしそうに、だけどどこか寂しげに笑う。

「……あの……」

どうして、泣いていたの？

まだ、少し潤んでいた彼の瞳と目が合って、聞きたくなる。だけど、聞いてほしくないことかもしれない。

外の強い風の音も、桜の散りゆく音も、今はなんの音も聞こえなくて、無音の中に佇《たたず》んでいると、さっきよりも時間が過ぎるのがとても長く感じた。

「君も、何か悲しいことがあったの？」

何も言い出さないあたしに、彼の方が質問を投げかけてくる。

――君もって、もしかして彼にも、悲しいことがあったのかな。

すぐにそう思って、あたしは小さく頷いた。

「じゃあ、一緒だね。僕たち」

笑っているけれど、彼の笑顔はとても悲しげで、なんだかとても、泣きたくなる。

「……もう一度、聞きたいです」

さっきまで聞こえていたピアノの音色。すぐそばにあるグランドピアノにチラリと視線を向けてから、また彼の顔を窺《うかが》った。

「うん、いいよ」

躊躇《ためら》うことなく彼はピアノの前に進み、椅子に座る。

「リクエストある？」

まっすぐにこちらを向いて聞かれて、あたしは、迷うことなく答えた。

「さっきの曲……パッヘルベルの、カノン」

「知っていたんだ」

「……両親の結婚式で、聞いたことがあるの。とても、大好きな曲」

　正確には、大好きだった曲。

　きっと、彼が奏《かな》でてくれたら、あたしはまた泣きたくなってしまうのかもしれない。だけど、それでも、さっきの音が耳から離れない。

　もう一度、聞きたい。

　静かに深呼吸をした後に、彼は目を閉じた。そして、鍵盤に降り立った指先が優しく、ゆっくりと、音を奏《かな》で始める。そばに置いてあった椅子に音を立てずに静かに座って、あたしは彼を見つめ——柔らかな優しい音色に、目を閉じた。

　最後まで聴き終えてゆっくりと目を開けると、陽の光が窓から差し込むピアノの前で、泣いている彼が視界に入った。

　キラキラと光が反射した髪の毛は金色にも見える。静かに泣く彼に、立ち上がってそばまで行くと、そっと手を伸ばす。

彼は涙を拭って、あたしを振り仰いだ。

「ごめん。感情が入りすぎた」

そう言って笑う顔は、さっきよりも幼く見えた。

それから壁へと視線を上げたかと思えば、彼は急に慌て出した。

「そろそろ出ないと。ここ使ってること、誰にも内緒なんだ。いつもは窓が開いているなんてことなかったのに、油断した。今日のことは、僕と君の秘密にしてね」

丁寧にピアノの蓋を閉めると、彼は人差し指を顔の前で立てて、悪戯をごまかす子供のような笑顔で笑った。

入ったのは窓からだったけれど、あたしは彼と一緒に音楽室から出て、すぐ横の非常扉から靴を履いて外へと出た。

「じゃあ、また」

「あ……」

あたしが言葉を発するよりも早く、彼は行ってしまった。

先ほどの通り雨のせいか、地面が濡れていた。

すっかり晴れた空には太陽。草花に光を与えて、雨粒がキラキラと輝いて見える。

彼の名前も、学年も、何も聞けなかったことを今更後悔した。

また、会えるかな。

あたしは、元来た道に戻って校門前を見渡した。

「あ！　奏音ちゃんいた！　どこに行ってたの？　めっちゃ探したんだけど」

すると、息の上がった恭ちゃんが、ちょうど校舎内から走って出てきた。

そうだ、学校見学の途中だったんだ。慌てて頭を下げる。

「あ、ごめんね、恭ちゃん」

「ううん。迷ってなくてよかった。頭濡れてない？　桜も付いてるし」

迷うといけないからと思って、また桜の木の下をくぐり抜けてきたからだ。恥ずかしくなって頭を払う。

「桜がね、綺麗だったから……」

照れ笑いをしながら顔を上げると、頬に何かが当たった。

恭ちゃんの大きな手だと気が付いて、目を見開く。

「奏音ちゃん、泣いた？」

心配そうに眉を下げてあたしのことを見る恭ちゃんから、目を背《そむ》けた。

「えっと……」

彼のピアノを聴いて、ずっと張り詰めていた気持ちの糸が緩んだ、とは言えない。

父と母の離婚の事を思い出したからなんて、もっと言えない。

彼が涙を流す姿を見て、あたしまで泣きたくなってしまっただけだ。

あたしは首を横に振った。

「太陽が目に沁みちゃって。あたし紫外線に弱いんだよね。でも、もう大丈夫だから。学校案内よろしくお願いします」

もう一度、目元を軽く拭ってからあたしは恭ちゃんに精一杯の笑顔を向けた。

「そっか？　なら、いいけど」

まだ心配そうな目を向けてくれる恭ちゃんに、あたしは元気に前へ進んだ。

一通り学校の案内をしてもらって外に出てくると、恭ちゃんが隣の古い校舎を指差す。

「あっちの校舎はたまに使うくらいで今はほとんど使われてない。幽霊が出るって噂もあるから近づかない方が良いぞー」

「え⁉」

恭ちゃんが両手首をダラリと下に向けて顔に影を作る。背筋がひんやりと感じて血の気が引いた。

「あれ？　そういう話はもしかして苦手？」

あたしの顔色が変わったのが分かったのか、恭ちゃんが弾けるように笑った。

「なんだよ、奏音ちゃんってやっぱ可愛い。大丈夫、噂だしなんかあったらいつでも俺を頼ってくれればいいし」

へへっと、照れながら恭ちゃんがあたしの顔を覗き込むから、小さく頷いた。

古い校舎の音楽室。ピアノを奏《かな》でる少年。

よくある学校の不思議な話に出てきそうなシチュエーションだった。

だけど、さっき会った彼は、ちゃんと実在する人だよね？

なんだか、あの空間が神秘的すぎて、ピアノの音色も、彼の姿も、とても綺麗で、夢だったんじゃないかと思えてきてしまう。

学校が始まったら、また会えるといいな。

耳にまだ残るカノンの音色を思い出して、あたしはギュッと苦しくなる胸に手を当てた。

＊

学校見学から数日が経った。

明日から、いよいよ新しい高校生活が始まる。

恭ちゃんのお母さんの車に乗せてもらって、頼んでいた制服と運動着を指定の販売店まで買いに行った帰り道のことだ。

「奏音、足りないものはない？」

「うん、あとは後々欲しい時に言うから、大丈夫だよ」

「また必要な時は言ってね。いつでも車出すから」

ハザードを付けて道路脇に車体を横付けした道香さんが、後部座席のあたしと母に振り向いて微笑んでくれた。

「ありがとうございます、道香さん」

「じゃあまたね。奏音ちゃん、明日からうちのうるさい恭太をよろしくね」

困ったように眉を下げながらもニシシと笑う道香さんの笑顔は、恭ちゃんのそれと瓜二つだ。

あたしは「はい」と頷いて、去っていく車が角を曲がるまで母と並んで手を振った。

それから、母が嬉しそうにあたしの方を見る。

「この前ね、奏音が恭太くんと学校見学してる間に、近くのスーパーのパートの面接に行ってきたんだけど」

「え！　そうなの？　聞いてない」

あたしが驚くと、母はふふふっといつものように笑う。

「ちゃんと決まってから奏音には伝えようと思って。いくつか目星は付けていたんだけど、第一希望に見事、採用が決定しました！」

自分でパチパチと拍手をする母の嬉しそうな笑顔に、あたしも「わー、おめでとうお母さん！」と拍手を送る。

「奏音が新しい生活を始めるんだもん、お母さんも頑張らなくちゃ」

ねっ、と笑って、軽やかな足取りで母は進む。泣き虫になってしまっていた母が、前を向いている。そんな後ろ姿に、あたしは胸の中の母と父の離婚のわだかまりが少しだけ和《やわ》らいだ気がした。

やっぱり、母には笑っていてほしい。泣き顔なんて、辛くて見ていられない。

母の背に駆け寄って追いつくと、そっと手で触れる。

「うん、ありがとう。奏音がいてくれるから、お母さんは頑張れるんだよ。奏音も、学校楽しんでね」

「頑張ってね」

玄関に入る手前、夕焼けの空を見上げた。この景色も、よく覚えている。

すぐ近くに住宅地ができて、前はなかった個人で開業している病院や大型ショッピングセンターがある。木造だった駅も、今や立派な建物になっていて、街並みはだいぶ変わってしまった。けれど、見渡す限り広がるオレンジ色の空はあの頃見た景色と重なり、心が温かくなる気がした。

おばあちゃんが、夕飯にあたしの大好きな炊き込みご飯と唐揚げを用意してくれていた。

こっちにいた頃はよく遊びに来ると作ってくれていたから、思い出の味と懐かしさに感動してしまう。

「おばあちゃんって唐揚げ揚げるの上手だよね！ めっちゃサクサクだしカリカリ！」

お茶碗片手に唐揚げを食べながら、お味噌汁をよそうおばあちゃんに向かって笑うと、おばあちゃんも微笑んでくれる。

「そうかい？ 最近は適当になってしまってね。昔ほど揚げ物もしなくなったし。でも美味しいなら良かったよ」

「うん、美味しいよ！ お母さんの唐揚げはね、なんかいっつもしっとりしてるんだもん」

お味噌汁を受け取った母は、不貞腐れた顔をしてあたしを見た。

「あたしは料理苦手だから。唐揚げもお母さんからちゃんと教わらないままだったし、食べる専門だったからね」

しゅんっと小さくなってしまう母に、あたしはそれ以上何も言わないでおこうと、口を噤《つぐ》む。

共働きだった父と母。食事はほとんどスーパーのお惣菜や、レストランのテイクアウトで済ませていたから、あたしが中学に上がってからは、スマホで料理アプリを見ながら少しずつだけど二人のご飯を作るようにしていた。

アプリのおかげで、あたしは母よりも料理が上手だと胸を張って言える。

「今度はあたしも手伝うからね、おばあちゃん」

「おや、奏音ちゃん料理出来るのかい？」

「うん、お母さんよりはマシだと思う」

「うっ……」

はっきり答えたあたしの言葉に、隣にいた母は言葉に詰まったままで頷くだけだった。

ご飯を食べ終わると、明日から学校だからと早めのお風呂を勧められた。

湯船に沈み込むように浸かって、明日からのことを考える。

もちろん不安はある。だけど、楽しみの方が上回っているかもしれない。

ピアノを弾く彼が、幽霊ではないことを確かめたい。耳に残っていた音を思い出して、目を閉じる。

やっぱり、もう一度あの音を聴きたい。

お風呂から上がると、あたし用にとおばあちゃんが一間空けてくれた和室に、布団がきちんと敷かれていた。

ここへ来て数日は、母と並んで手前の座敷に寝ていたけれど、今日からは一番奥の部屋をあたしの部屋として使わせてもらえることになった。

テーブルの上に置きっぱなしにしていたスマホを手にとる。

画面には、恭ちゃんからのメッセージが表示されていた。

『明日七時半に迎えに行く』

シンプルな文面が恭ちゃんらしいと思って、思わず口が綻《ほころ》ぶ。あたしはすぐにお気に入りのうさぎちゃんスタンプで、了解と送信した。

襖の前にかけられた新しい制服を眺めて、深呼吸を一つする。小学生の時に転校した時以来の緊張と不安が胸の中を渦巻く。そして、これから楽しい高校生活が待っているんだと少しだけ期待して、あたしは目を閉じた。


――でも、慣れない部屋の雰囲気もあいまって、天井の木目が人の目のように見えて妙に怖くなる。それに、一人きりだとやけに聞こえてくる外のざわめきに耳がいちいち反応してしまう。

結局、あたしは熟睡できないまま朝を迎えた。

「……奏音、昨日眠れなかったの？」

あたしの顔を見るなり、母が心配そうに聞いてくるから、洗面台の鏡に急いで自分の顔を映した。

う、わ。目の下にクマ。

冷たい水で顔を洗って、肌を整えたら日焼け止めのクリームを目の下を中心にたっぷり塗った。

よし、完璧。先ほどのクマはほとんど目立たない。

一安心して居間へと向かうと、台所に居たおばあちゃんに「おはよう」と声をかけた。

「おはよう、奏音ちゃん。よく眠れたかい？」

鍋に味噌を入れるお玉と菜箸を一度止めて、くしゃりと皺《しわ》を作るおばあちゃんの笑顔に、あたしは迷わず「うん」と頷いた。

まさか、天井の木目や外の風の音が怖いせいで眠れなかった、とは言えずに苦笑いをした。

テーブルにきちんと並べられていた朝ごはんに毎度のごとく感動して、あたしは正座をして座ると、手を合わせた。

「いただきます」

しゃけとほうれん草のおひたしに厚焼き卵。どれも今までのあたしの生活にはなかったものだ。隣で同じく手を合わせた母は、あたしを微笑ましく見つめている。

我が家では、食パンにジャムかバター。たまに調子がいい時は目玉焼きが出てくるけれど、ほとんどはパンと即席スープがケトルと一緒に置かれているだけだった。

お母さんの朝ごはんも、あれはあれで、良かったんだけどね。

心の中で過去を振り返ったけれど、口には出さなかった。

食べ始めて数分、「おっはよーございまーす!」と元気な声が聞こえてきた。

え、恭ちゃん⁉ 早くない?

あたしは茶碗と箸を持ったまま壁の時計を見上げた。

時刻は午前七時。

昨日のメッセージには七時半に迎えに行くって書かれていたはずだ。

記憶を辿りながら窓の外へ視線を向けると、片手を上げて笑顔の恭ちゃんが立っていた。

「おはようっ、奏音ちゃん。ごめん早く来て。俺、素振り練習してるからゆっくりご飯食べていいからね」

大きく手を振って庭の広い場所へ走っていくと、手に持っていたバットを握りしめて構え始めた。空気を斬る鋭い音が聞こえてくる。真剣な顔できれいなフォームの素振りをする恭ちゃんに思わず見惚れつつ、あたしは急いでご飯を食べ終えた。

それから準備を済ませて外へ出ると、恭ちゃんはタオルで汗を拭っていた。

「恭ちゃん、野球続けていたんだね」

小学校の頃に少年野球チームに入っていたのは、なんとなく記憶に残っている。

そう言うと、バットを持つ構えのまま、腕だけのスイングをしながら恭ちゃんが満面の笑みを浮かべる。

「うん、なんでも飽きっぽいんだけどさ、これだけは嫌にならないんだよね」

それからうんと伸びをして、恭ちゃんがこっちを見た。

「奏音ちゃんは？　部活何やってたの？」

「……あたしは、ボール拾い」

「え？　ボール拾い部？　何それ。楽しいの？」

正しくは、ソフトテニス部に所属していた。

だけど、あたしはそこまで真面目に部活には参加していなくて、試合には出させてもらえなかった。

だから、ひたすらにボール拾いをしていた記憶しかない。

「あ！　じゃあさ、野球部のマネージャーやってよ！　ボール拾いも出来るよ」

にこやかに笑う恭ちゃんに、あたしは盛大なため息をついてしまった。

「いや、ボール拾いはもういいかな。学校行ってから考えるね」

白いスニーカーに足を入れて、かかとをグッと押し込む。玄関まで見送ってくれていたおばあちゃんと母に手を振って、「いってきます」と、笑った。

新しい制服は前の学校のブレザーとは違って、セーラー服だ。

濃紺色のスカートと紺地に白色のラインが入ったセーラーに、空色のリボン。まだ着慣れていないからか、変な感じがする。

玄関横の鏡でくるりとその姿を確認してから出てきたけれど、まだこの制服が自分に似合っているのか不安がある。

うーん、と思っているとあたしに歩幅を合わせてゆっくり進んでくれていた恭ちゃんがふとこちらを向いた。

「奏音ちゃん、この前の見学で何か不安なところとかなかった？」

「……この制服、似合ってる？」

「へ？」

「あ……いや、なんでもない！」

思っていたことがそのまま口に出てしまう。

驚いたように目を丸くした恭ちゃんに、あたしは変な質問をしてしまったと慌てた。

「……に、似合ってる、と思う！　可愛い」

しかし、戸惑いながらも恭ちゃんはしっかりと答えてくれた。顔を上げると恭ちゃんの耳が真っ赤になっていて、照れているのが分かる。お世辞じゃなさそうなことに、嬉しくなった。

「ありがとう、恭ちゃん」

恭ちゃんは優しい。

だからきっと大丈夫。恭ちゃんがそばに居てくれれば、学校にもすぐに馴染めるはずだ。

軽く目を閉じて、ゆっくり息を吸い込んだ。桜の香りが鼻を抜けて胸いっぱいに広がる。深く長く息を吐き出した。目を開けて、桜舞い散る坂道を見上げた。

「よし、友達たくさん作るぞっ」

両手を握りしめて胸の前で気合を入れると、隣でふはっと笑う声がした。

「大丈夫だよ。奏音ちゃんなら友達百人できるって。俺が保証する」

ニッと白い歯を見せながら笑う恭ちゃんに、安心する。

「あ、その前に同級生百人もいねーな。学校ひっくるめて友達にしねーと間に合わんかも」

「……百人は……無謀かもね。とりあえずクラスの人とは仲良く出来たらいいかな」

考え込む恭ちゃんに、苦笑いしながらあたしは冷静に答えた。

「あ……」

その時、恭ちゃんの視線が坂の入り口付近へ向いて止まった。

かと思えば、なぜか眉を下げて困ったような顔になる。

その視線を辿ってみると、校門近くの一番手前の桜の木の下に、誰かを待つように立っている女の子の姿があった。

「奏音ちゃん、ちょっと待ってて」

「え……」

慌ててあたしにそう言うと、恭ちゃんは足早にその子の元へ走って行った。

そのまま二人で話し始めたのを見て、あたしはゆっくり歩き出す。

ここまで来れば、あとは桜の絨毯《じゅうたん》が敷かれた坂道を登るだけだ。

――恭ちゃんだって、あたしにばっかり構ってられないよね。

チラリと一瞬だけ恭ちゃんの大きな背中とその目の前にいるショートカットで長身の女の子の姿を見てから、学校へと足を向ける。

もしかして、恭ちゃんの彼女？

仲良さげに話す雰囲気に、あたしはそう予感した。

ならば、あたしは待っていないで先を急ぐのみ。そこまで鈍感ではないからね。幼馴染の恋路の邪魔はしてはいけない。なんて思いながら、あたしはもう一度だけチラりと二人を見て、足を早めた。

すらっとしたショートカットの女の子に、眉を下げて話しかける恭ちゃん。

可愛い子じゃん。あとで色々聞いちゃおう。恭ちゃんと恋バナが出来る日が来るなんて、思ってもみなかったから楽しみすぎる。

なんだか、恭ちゃんに彼女がいることがとても嬉しく思った。足取りが一気に軽くなる。

時折吹く風に乗って、桜の花びらが舞い踊る。

あたしはスキップをするように、目の前を捕まえてごらんとばかりにひらひら逃げ惑う花びらに手を伸ばしては掴み損ねを繰り返しつつ、一気に校門まで駆け上がった。

恭ちゃんに教えてもらった通りに、第二学年の昇降口から入って自分の靴置き場を探す。

が、意外と見つからない。

この前すでに名前が貼られていたのだから、きちんと場所を確認すれば良かった。

他の生徒がすんなりと自分の靴箱を見つけて行く。焦りばかりが募るけど、決して焦っているなどとは悟られないように、あたしは人がいなくなるのを見計らってから、また必死になって自分の靴箱を探した。

――ない！　なんで？　転校生だから？

先生もしかしてあたしのこと忘れていたりしてないよね？

不安になればなるほどに、嫌な冷や汗が出てくる。

その時だ。

「中村《なかむら》……かのん？」

指差し確認をしながらしゃがみ込んで、一番下の段を懸命に探すあたしの横で名前を呼ばれた。

だけど、あたしは〝奏音〟と書いて、かのんではなく、かのだ。間違いを訂正しようと顔を上げる前に、すぐ隣にしゃがみ込んだ人と目が合った。

長めの前髪に、明るいブラウンの髪色――

「また、桜の花びらついてる」

そっと、あたしの頭へと手を伸ばした彼は、あの時と同じ。

ふっと笑って立ち上がると、「ここ」と指差した先に〝中村奏音〟の文字を見つけて、あたしは一気に立ち上がった。

「あ、ありがとうございますっ」

深くお辞儀をしたあたしの上で、彼がまた笑った。

「じゃあ、またね」

視界に入る彼の足が離れていく。慌てて顔を上げた時には、もう遅かった。墨黒《すみくろ》の薄手のコートを羽織った彼の後ろ姿に、あたしはしばらく脱いだ靴を抱えたまま動けずにいた。


「奏音ちゃん！　待っててって言ったのに」

「……あれ？　恭ちゃん？」

走ってきたのか、息を切らして現れた恭ちゃんにあたしは驚いた。

「靴置き場、分かんねーんじゃないかなって思って」

息を整えながら、恭ちゃんはキョロキョロとあたしの名前を探し始めてくれる。

「あ、ここ。大丈夫だよ。見つけたから」

さっきの彼に教えてもらった自分の名前が貼られた場所を指差して、あたしは笑った。

それを見て、恭ちゃんがぱっと笑顔になる。

「あ、ほんとだ。良かった。俺一年の時めちゃくちゃ探し損ねてさ。すげぇ嫌な思いしたから、奏音ちゃんもそうなってほしくないと思ってさぁ」

それで、急いで来てくれたんだ。彼女を置いて？

あたしはスニーカーをしまいながら、恭ちゃんの周りを見渡すけれど、さっきの女の子の姿は見当たらない。

「教室まで一緒に行こう」

「あー……うん」

恭ちゃんも靴を履き替えて歩きだすから、あたしは後ろをついていく。

あれ？　あたしの勘違いだったのかな？

『また、桜の花びらついてる』

それよりも、そう言った彼の笑顔が頭から離れない。

やっぱり、幽霊なんかじゃなかった。ちゃんと実在した。

『じゃあまたね』って、言ってくれた。また、会えるんだ。そう思うと、嬉しくなって、あたしは口元が緩くなってしまう。

「……奏音ちゃん？　なんかおかしい？」

振り返ってあたしの顔を見た恭ちゃんが不思議そうに聞いてくるから、あたしは焦って首を横に振った。

「い、いや、なんでもないよ……」

うん、なんでもない。彼にまた会えて話しかけてもらえたことが、こんなに嬉しいだなんて、恭ちゃんにはなんでもないことだ。

新しい高校生活の楽しみが出来た気がして、あたしはきゅうっと締め付けられる胸に手を当てた。

　さて、桜花高校は小規模で、一学年、三クラスの編成になっている。

　一クラスは二十人程度で、恭ちゃんの言っていたように、同級生だけでは全員と友達になれたとしても、友達百人は叶わない。全員と仲良くなろうとはさすがに思っていないけれど、出来れば女の子の友達が欲しい。と、意気込みながら、自分の教室へと足を踏み入れた。

「恭太！」

　それと同時に、教室に入りかけた恭ちゃんを呼ぶ声が廊下から聞こえてきた。

　恭ちゃんが振り返るのと一緒に、あたしも思わず振り返る。

「置いていくって酷くない？」

「あ、夢香《ゆめか》。悪《わ》りぃ」

「うっわ、何それ、絶対悪いと思ってない！」

「は？　思ってるよ」

　恭ちゃんに負けじと元気なのは、先程坂の下で見かけた、恭ちゃんの彼女らしき女の子だった。勢いに押されるように一歩下がる。すると彼女は、恭ちゃんの前にいたあたしに今気が付いたように、視線を動かした。

「恭太の幼馴染？」

キリッとした鋭い目つきに、一瞬怯みそうになりつつ、あたしは頷いた。

「……中村奏音です。よろしく、お願いします」

丁寧に自己紹介をして笑顔を作った後に、頭を下げた。

こういうのは、第一印象が大事。

「へぇ」

でも、彼女はまじまじとあたしのことを見てから不敵に笑う。

「あたし教室違うから。じゃあね」

一瞬だけ、睨まれた気がする。

遠目から見た時は、スタイルが良くてショートカットが似合って可愛らしいと思ったけど、近くで見るとあたしよりも十センチくらいは大きく見えたし、なんだか恭ちゃんへの怒りなのか、あたしへの怒りなのか分からないけれど、目が、怖かった。

行ってしまった後ろ姿にホッとしていると、恭ちゃんが焦るように笑う。

「ご、ごめんね、奏音ちゃん。あいつ、斉藤《さいとう》夢香っていうんだけど。友達で、普段めちゃくちゃ良いやつなんだけどさ、なんであんな怒ってんだろ」

ははは、と頭を掻きながら苦笑いする恭ちゃんに、あたしは目を細めた。

「それ、恭ちゃんが悪いと思う」

「え!?　なんで？」

自分の席がどこかを確認しながら、あたしは彼女が言った言葉を思い出す。

「さっき、あの子のこと置いてきちゃったんでしょ？」

「それは……奏音ちゃんが心配で」

「うん、それはありがとう。恭ちゃんがいてくれてあたしも安心だし、助かってる。でも、友達のこともちゃんと大事にしてあげて」

「……あ、うん。ごめん」

「あたしも恭ちゃんの友達とは仲良くしたいと思っているから、あたしにばっかり構わなくても大丈夫だからね」

恭ちゃんが心配してくれるのは、とても嬉しい。何かあれば、あたしは今のところ頼りは恭ちゃんしかいない。だけど、今日からここがあたしの居場所になる。恭ちゃんだけを頼りには出来ないし、自分でなんでもやれるようにならないと。

——それに、出来れば恭ちゃんの友達には嫌われたくない。

「恭ちゃんのことはとても頼りにしてるし、ピンチの時は助けを呼ぶから」

そう言うと、ちょっと肩を落としていた恭ちゃんがぱっと笑顔になった。

「……奏音ちゃん、それめっちゃいい！　俺ヒーローじゃん！　うん、分かった。いつでも呼んで！　飛んでく」

「声が……」

大きい声に、みんなの注目が集まっていて恥ずかしい。でも、当の本人である恭ちゃんは嬉しそうに笑っている。あたしも苦笑いで頷いて、ようやく黒板の座席表を見た。

窓側一番後ろの席があたしの席みたいだ。

そこまで行って自分の机にリュックを置く。

恭ちゃんはあたしの隣の列の前から三番目。

チラリとこちらを向いてくれると、ちょうど目が合う距離で安心する。

——きっと大丈夫。友達もすぐに出来る。

窓から外を眺めると、満開の桜が風に吹かれて舞い散るのが見えた。

淡いピンク色が空の蒼さに点を作る様子を眺めていると、カタンッと、隣の席の椅子が引かれた。

振り向いて、思わず息を呑む。

差し込む日差しにキラキラと明るい髪色が反射している。長めの前髪から覗く瞳は、たぶんあたしと同じ反応をしている。

彼は、目を大きく見開いたかと思えば、一気に細めて柔らかく笑っていた。

「隣、なんだ」

ちょうど担任の先生が入ってきたタイミングで、口の動きでそう言われたのが分かった。

あたしは嬉しくて首を何度も上下させた。

彼の目がますます細まって、声に出さないようククッと笑っているのが分かる。

また、会えた。しかも、隣の席。彼の名前は……？

あたしは黒板へと視線を向けて、座席表で名前を確認しようとする。

「芹羽《せりう》、髪色どうした？」

すると、担任の先生がため息をつきながらこちらの方を見ていた。

芹羽、と呼ばれたのは隣の彼だった。

「地毛です」

「去年もそれで通したけど、なんか春休み中にまた明るくなってないか？　さすがにもう庇《かば》い切れないぞ」

「いや、別に庇《かば》ってもらわなくてもいいですけど」

淡々と先生とやりとりする彼の表情には、先ほどの笑顔など微塵《みじん》もない。

「とにかく一回は言うぞ、直してこいよ」

さらに、ちょっと顔をしかめた先生に返事もせず、彼、芹羽くんは頬杖をついてぼーっとし出した。

そんな芹羽くんに、周りから一瞬ざわざわと「まただよ」とか「直すわけねー」とか、言葉が飛び交った。けれど、本人は何も気にしていない様子だ。

彼がどんな人なのか少し不安になる。

「じゃあホームルーム始めるな。あ、最初にこの春から転校してきた、中村奏音。ちょっと立って」

急に名前を呼ばれて、あたしは驚きのあまり勢いよく立ちすぎて椅子を見事にひっくり返してしまった。

ガッターンッと響く音の後に、教室は一気にしんっと静まり返る。

立ち上がったのは良いけれど、ものすごい恥ずかしさが込み上げてきて、あたしはとりあえず椅子を直そうとしゃがみ込んだ。

「緊張しすぎだぞ！　奏音ちゃんっ、大丈夫だって、こいつらみんないい奴だから」

そこへ響いてきた声は、恭ちゃんのもの。次の瞬間、みんなが笑い出したのを聞いて、ますます恥ずかしくなるけれど、気持ちは軽くなった。

椅子を直して恭ちゃんに笑いかけてから、教室を見渡す。

「中村、奏音です。よろしくお願いします」

お辞儀をして、すぐに椅子に座り直すと、先生が説明してくれた。

「中村は横浜から引っ越してきたそうだ。相楽《さがら》とは小さい頃からの知り合いらしいから、何か困ったことがあったら、相楽になんでも聞いてくれ。さっき言ったように、このクラスはみんないい奴揃いだから、すぐに馴染めると思うぞ。と、いうことで、みんな新しいクラスメイトをよろしくな」

先生の言葉に、教室の中は和《なご》やかになる。その雰囲気と、振り返ってニシシと笑う恭ちゃんに安心して、あたしも笑った。

「……かのん……じゃないんだ」

ボソリ。隣から聞こえてきた声に、あたしは芹羽くんの方を向いた。

まっすぐ黒板を見ている彼は、何故か困った顔をしているように見える。

あたしが不思議に思っていると、こちらを向いた彼と視線がぶつかった。

「ごめん、名前間違うとか。かの、って読むんだね。よろしく。俺は、芹羽誠《まこと》」

そっと謝ってから、丁寧に自己紹介してくれる芹羽くん。

見た目は髪を明るく染めた問題児に見えるけれど、中身は真面目なのかもしれない。

また優しく微笑む姿は悪い人には見えなくて、不安はどこかへ飛んでいった。その代わりに心臓の奥が、きゅうっと縮む。

また会えた嬉しさが重なって、あたしは安心して芹羽くんに笑顔を向けた。

これから始まる高校生活に、少し期待を持てる気がした。

第三章　「友達になれない」

始業式は午前中だけで終わった。

帰りの支度をしていると、女の子二人があたしの机の前へ近づいてくる。

「えっと……奏音ちゃん。今からあたし達お昼行くんだけど、良かったら一緒に来ない？」

「え……」

思わず、言葉に詰まってしまう。　転校初日からお昼に誘われるなんて思ってもいなくて、嬉しくて涙が出そうだ。

「何か予定があるなら……」

あたしの反応を見て、すぐに二人が気まずそうに苦笑いするから、慌てて頷いた。

「だ、大丈夫！　誘ってくれてありがとう！　嬉しい……えっと……」

まだ名前も知らない二人に視線を送ると、話しかけてくれた子が笑顔で答えてくれた。

「あたしは、絵奈《えな》。で、こっちは柚季《ゆずき》。よろしくね」

「うん、よろしく！」

挨拶をしていると、ひょこっと恭ちゃんが顔を覗かせた。

「何、もう奏音ちゃん友達出来てんの？　なら、帰りはそっちに任せていいかな。俺、部活行かなきゃなんねーから」

恭ちゃんがすまなそうに頭を下げてくる。あたしは小さく頷いた。

「うん、大丈夫だよ。ありがとう恭ちゃん」

「おう、じゃあまた明日な」

「うん」

手を振り合って、廊下へ出ていった恭ちゃんを見送る。それから彼女たちへと視線を戻した途端に、机に身を乗り出して絵奈ちゃんが迫ってきた。

「奏音ちゃんって、相楽くんと付き合ってんの？」

小声だけど、必死そうな問いかけに驚いてしまう。

後ろにいる柚季ちゃんは相変わらずほわんとした笑顔のままだ。

「いや、恭ちゃんは幼馴染だよ」

「……本当にそれだけ？」

「それだけ……だけど……」

他に、なんと言えばいいのだろう。疑問を持ったまま、二人に付いて学校から出て、坂道をゆっくり歩き始めた。

道中では、恭ちゃんとのことを色々と聞かれた。

もともとあたしはここに住んでいたことがあって、その時に家が隣同士だった恭ちゃんとよく遊んでいた話をする。

するとそれまで絵奈ちゃんペースで話が進んでいた所に、ずっと静かに聞き役に徹していた柚季ちゃんが、いきなり話に飛び込んできた。

「……えっと、奏音ちゃんって、苗字中村だっけ?」

「うん」

「あたし、桜坂《さくらざか》小学校出身なんだけど。もしかして、小二までいた?」

思いがけない言葉に目を見開く。柚季ちゃんの言う通りだった。

「うん、三年生の時に父の転勤で転校しちゃって」

「だよね! なんかずっと引っかかっていたの。よくは覚えていないんだけど、そっか、戻ってきたんだ。え? でも、なんで苗字変わってるの? 確か前は……」

柚季ちゃんが考え込むと、隣から絵奈ちゃんが話を変えて割り込む。

「そんなん別に気にしなくていーじゃん。とりあえず、ここでまた再会出来たって凄いことじゃない? あたしは小学校違うから残念ながら接点ないけどさ、仲良くしようよ、ね」

笑いかけてくれる絵奈ちゃんは、きっとあたしの苗字が変わってしまった理由を、ふんわり理解してくれたんだろう。

あたしはありがたく頷いた。

「うん、ありがとう。よろしくね」

「そー言えば、夢香は？　先行ったの？」

キョロキョロとあたりを見渡す柚季ちゃんの動きに、絵奈ちゃんが呆れたようにため息をついた。

「ゆず、大丈夫だよ。夢香は先行って待ってるって」

「あ、そーなんだ了解」

夢香……

聞き覚えのある名前に、あたしは今朝のことを思い出した。

それと同時に、絵奈ちゃんは困ったように眉を寄せて笑った。

「……ごめん、奏音ちゃん。お昼誘ったのにはちょっと訳があってね」

それから、絵奈ちゃんは、「とりあえず着いてから話すね」と、別の話題に話を変えてしまった。

……なんだろう？

ドキドキしたままたどり着いたのは、街の中心にあるショッピングセンターだった。

入り口を抜けて、二人は慣れたようにエスカレーターで二階のフードコートを目指して進んでいく。

ソファー席の角に、見覚えのある横顔を見つけた。一人でスマホに視線を落とした同じ制服を着たショートカットの女の子は――

「夢香、お待たせ！」

絵奈ちゃんが先に近寄り声を掛ける。やっぱり夢香ちゃんだった。

こちらを向いた彼女の視線が、絵奈ちゃんを通り越してあたしにぶつかる。

思わず、口端を上げて笑ってみた。真顔のままでいるから、なんだか、気まずい。

この子はあんまり笑わない子なのかな？　いや、恭ちゃんと話していた時はめちゃくちゃ笑顔だった気がするし、可愛く笑える子のはずだ。

だったら、どうして……

「夢香の勘違いだったよ！　だから、大丈夫だって。感じ悪くしないでよ。可愛そうじゃん、転校生なのに」

駆け寄った絵奈ちゃんがあたしの方に振り返って、「ねっ」と笑う。

それにどう反応して良いのか分からずに、あたしは困って柚季ちゃんに振り返るけど、彼女はニコニコと笑顔のままあたしたちを見ている。夢香ちゃんの隣に絵奈ちゃんが座り、あたしと柚季ちゃんがその前に座った。

夢香ちゃんからジッと視線が向けられていて、あたしは何度か目が合っては逸らしてを繰り返す。

な、なんでそんなに見てくるんだろう。あたし、嫌われてる？　ここに来ちゃいけなかったんじゃ。

不安と帰りたい衝動に駆られていると、柚季ちゃんが「とりあえずお昼頼んでこよっかぁ」とのんびり呑気に立ち上がった。

その一言で、張り詰めていた場の空気が緩む。

なんとなく、みんなでハンバーガーのセットを注文しにカウンターへ向かう。順番に注文を終えて席に戻って気がついた。

あたしのトレーの上にはチーズレタスバーガーとオレンジジュース。みんなのトレーの上には、それぞれハンバーガーとポテトとドリンクとサラダ、それからミニパンケーキやナゲットまでが置かれていた。

つい、その量の多さに驚いてしまう。

「そんなに食べるの？」

素直に思ったことが出てしまって、あたしは慌てて口に手を当てた。

まずい。失礼なこと言ったかも。

チラリと前に座る二人へ視線を向けると、気にしていないように頷いている。

「食べるよー！　だって明日から部活始まるし、なかなかこうやって食べにくる時間もなくなるし！　今日というこの時間はめっちゃくちゃ貴重なんだから！　ね！　夢香！」

「……まぁね」

絵奈ちゃんの勢いに負けたのか、夢香ちゃんは苦笑いしている。

そっか、みんな部活をやっているんだ。夢香ちゃんは背も高いし、バレーとかバスケとかかな？

「奏音ちゃんは？　前の学校では何してたの？」

あ、またこの質問来た。

だけど、恭ちゃんに言ったみたいに、万年ボール拾いだなんて素直には言えない。

「えっと……ソフトテニスを……」

「え！　あたしもだよっ！　やる？　明日見学来る？　うち強いんだよー、奏音ちゃん入ったらもっと凄いかも？　なんか上手そうだよねー」

目の前で生き生きとポテトを摘《つま》み、ハンバーガーにかぶり付く絵奈ちゃんがはしゃいでいる。

いや、ごめん。ただの足手纏《まと》いにしかなれない。

「高校はね、部活はどうしようか迷っていて……」

絵奈ちゃんの誘いにはのれずに、あたしは苦笑いを続ける。

しかしそれにも特に動じる様子はなく、絵奈ちゃんが微笑んだ。

「そーなんだぁ。あ、ちなみに、夢香は陸上部、柚季は手芸部だよ」

黙々と食べる夢香ちゃんとはさっきから目が合わない。隣で、未だポテトを数本しか口にせず、のんびりオレンジジュースを飲む柚季ちゃんが微笑んでくれる。

うん、確かに、どちらもぴったりな部活を選んでいると思う。

「みんなバラバラなんだね」

「うん、性格もバラバラだからね、あたし達。だけど、去年同じクラスになって意気投合しちゃってさ、部活ない時はこうやって集まるようにしてるの。で、近況報告とか、恋バナとかするんだけど、今日のそのメインが、夢香ってわけよ」

そんな大事な友達グループにあたしが入り込んでしまって良いのだろうか。なんとなく、まだ肩身が狭い気がして、ハンバーガーを食べることに集中するけど、味がよく分からない。

「ねぇ、夢香、この際もうはっきり言っておいたらいいんじゃない？」

すると、口をもごもごさせてから絵奈ちゃんが夢香ちゃんの方を向いて、コーラを片手に問いかける。

「そこはねー、ちゃんとはっきりしとかないと、今後に関わってきそうだしね」

隣の柚季ちゃんも、相変わらずポテトを摘《つま》んで頬杖をつきながらニコニコして言う。

みんなが何を言いたいのかがよく分からないあたしは、オレンジジュースをちびちびと飲みながら、三人にゆっくり視線を流す。

最後に夢香ちゃんへ視線を向けると、今度は目がはっきりと合った。

「あたし、恭太のこと好きだから」

目を瞠《みは》る。しっかり合っていた目線が先に逸れたのは、夢香ちゃん。

俯《うつむ》いた彼女の顔が、みるみる赤くなっていく。睨まれていたから、ずっと怖い印象しかなかった夢香ちゃんの表情の変化に、あたしは驚くしかない。

「朝、二人が話していたのを見て、あたし、夢香ちゃんの事、恭ちゃんの彼女なんじゃないかって思っていたんだけど……付き合ってる訳じゃ、なかったんだね」

「……まだ、あたしの片想い」

もしかして、あたしが恭ちゃんと朝一緒に登校してきたのが不安だったのかな。好きな人が突然知らない女の子と一緒に歩いていたら、きっと嫌だよね、不安になるよね。

夢香ちゃんは、恭ちゃんのことが本当に好きなんだ。だから、あたしの事を恋敵だと勘違いしてしまったんだろう。だったら、あたしが言えるのはただ一つ。

「頑張ってよ！　あたし、応援するから！」

ちゃんと、あたしと恭ちゃんは幼馴染以上のことはないって教えてあげないと！　じゃないと、夢香ちゃんはあたしのことを嫌いになってしまうかもしれない。せっかく誘ってくれた絵奈ちゃんや柚季ちゃんとも仲良くなりたいし、もちろん、夢香ちゃんとだって。

そう、思ったのに。

「何それ」

「……え」

「応援とか別に、いらないから」

また、冷たい視線があたしに向けられて、自分でも顔が強張《こわば》るのが分かった。

「あ……う、うん、ごめん、ね」

もう、絵奈ちゃんも柚季ちゃんも何も言わないまま、しばらく静かな時間が流れる。ハンバーガーも何も喉を通らない。

でも、ことさらに明るくされた声が空気を壊してくれた。

「えーっと、ゆず、奏音ちゃん送っていくんだったよねっ？」

「え？」

「ほら、まだ道わかんないだろうから、ゆずのうち通り道じゃん？　それ、食べながらさ、ね、また明日、お疲れ！」

そう言った絵奈ちゃんが、持ち帰り用の紙袋に柚季ちゃんのトレーの中身を手早く綺麗に入れていく。あたしにも同じようにして差し出してくれた。

手を振られてあっという間に背中を押されたら、もう帰るしかない。

顔を見合わせた後に、「じゃあ、また」と苦笑いで手を振る絵奈ちゃんと、目を伏せてハンバーガーを食べている夢香ちゃんをチラリと見てから、踵《きびす》を返した。


ショッピングセンターから出ると、柚季ちゃんが大きくため息を吐いた。

「ごめんね、普段の夢香はあんなんじゃないんだけどさ」

「……そう、なんだ」

普段と言うのがあたしには分からないから、今日の一件ですでに夢香ちゃんのことが苦手になりつつある。

そんなあたしを見て、柚季ちゃんが少し柔らかく笑った。

「あたし覚えてるよ、奏音ちゃんのこと」

「え……」

柚季ちゃんはそう言って、紙袋の中からポテトを摘《つま》み出して口にした。

「よく恭太くんと一緒に遊んでいる元気な可愛い女の子。あたしのことも、大草原に誘ってくれた事あったし、覚えてない？」

「……大草原って」

前に恭ちゃんと一緒に見た、大きな木のある空き地が頭に過《よぎ》る。恭ちゃんと一緒に遊んでいた場所だ。

「たぶん、あの時遊んだのって、奏音ちゃんなんだよね。ごめん、あたしの記憶もちょっと曖昧なんだ」

そっか、柚季ちゃんともあたしは遊んだことがあったんだ。

そう思った時、柚季ちゃんがさらに続けた。

「で、夢香もいたんだよ」

「……え……」

「覚えてない、よね」

ガサガサと袋の中を探って、柚季ちゃんは今度はナゲットを取り出した。紙袋を脇に抱えてマスタードソースを開け、たっぷりソースをまとわせて一口で食べる。

あたしより少し小さい背、陽に当たるのを避けてきたように細くて白い手足。片側に垂らした長い三つ編みには細めの桜色のリボン。手芸部だと言っていたから、通学リュックに揺れるウサギのマスコットは、多分手作りだと思う。

柚季ちゃんはあの後、夢香ちゃんのことは話さずに、あたしの視線がウサギのマスコットに向いたことに気がついて、手芸部の話へと話題を変えた。

＊

次の日、朝にまた元気にうちに現れた恭ちゃんと、学校へ歩き始めた。

あたしは、歩きながら小さくため息をついた。

「どうした？　奏音ちゃん」

「うん……なんでもない」

夢香ちゃんのこと、恭ちゃんに聞いてみたらいいのかな。でも、余計なことをしてますます夢香ちゃんに嫌われるのも嫌だし。

『応援とか別にいらないから』

夢香ちゃんの言葉を思い出す。もう、ため息しか出ない。

坂の下まで来ると、昨日と同じ場所、桜の木の下に夢香ちゃんの姿を見つけた。

あれって、きっと恭ちゃんのことを待っているんだよね。

一瞬考えてから、あたしは身を翻《ひるがえ》した。

「あの、恭ちゃん、あたし、忘れ物しちゃったみたい。先に行ってて」

「え⁉　ここまで来て？　今戻ったら遅刻ギリギリじゃない？　何忘れたの？　俺で良かったら貸すし」

「あー……んと、だ、大丈夫。とりあえず、後でね！」

「え？　ちょっと、奏音ちゃんっ」

戸惑う恭ちゃんに背を向けて、あたしは来た道を引き返す。

忘れ物なんてない。夢香ちゃんに協力するわけでもないけれど、なんとなく、恭ちゃんの隣を歩くのが、気まずい。

——ここまで来ればきっと大丈夫。

しばらく走って、自分の家に戻る手前で足を止めた。それからゆっくりとまた、学校の坂道へ向かって引き返す。

見上げた坂の途中に、恭ちゃんと夢香ちゃんが並んで歩いている後ろ姿を確認して、ほっとした。

良かった。桜の絨毯《じゅうたん》を少しだけ早足で進む。二人には決して追い付かないように。

校門を抜ける頃には、二人との距離もだいぶ近付いてしまった。

忘れ物を取りに行くと言った手前、すぐに教室には行けない。

あたしは旧校舎の方へと足を進めた。

今日はピアノの音は聞こえない。それでも、晴天の空に吹く優しいそよ風が心地いい。桜の木の下をくぐり抜けて、あたしは音楽室の窓の下の段差に腰掛けた。

昨日は帰ってからも色々悩みすぎて、寝るまで頭の中がモヤモヤしていた。

ちゃんと眠ったかもよく分からないで朝を迎えて、だからかな。日差しがあったかくて、鳥の囀《さえず》りがリズミカルに聴こえて、なんだか、眠たくなってきた。

ガラッと、すぐ頭上で窓の開く音がして、うとうとしていた眠気が一気に吹き飛んだけど。

「あ、中村……さん？」

見上げると、驚いた顔の芹羽くんがいて、あたしは急いで立ち上がった。

「あ、ご、ごめんなさい。あたし、その、ちょっと……」

どうしよう。なんでここに来たのか自分でも分からないけれど、でも、ここは芹羽くんにとっての秘密の場所だった。

こう何度もあたしが来てしまっては、きっと迷惑なはず。

けれど、芹羽くんは優しく微笑んでくれた。

「慌てすぎだよ。もう時間だし、教室戻らないと遅刻するよ？　今、僕もそっち行くから」

あたしは深呼吸をしてから、また腰を降ろした。芹羽くんが窓を閉めて少ししてから、ガチャッと非常扉が開いて姿を現した。

ドアに鍵をかけて、こちらに歩いてくる。墨黒《すみくろ》の薄手のコートは、昨日見たものと同じだ。

「また桜の木の下から来たの？」

微笑む芹羽くんに、あたしは小さく頷く。そこからじゃないと、あの二人に見つかってしまうから、桜の下をくぐり抜けるしかなかった。あたしの隣に座った芹羽くんは、両手を後ろに突いて空を見上げた。

「今日も天気いいね」

眩しそうに目を細めた横顔。光に照らされると髪の毛がより金色に輝いて見える。

やっぱり芹羽くんは綺麗だと思って、何も言えないでいると、彼がふとこちらを見た。

「放課後、何も予定がなかったら、ここにおいでよ」

「……え」

「ただし、絶対に誰にも見つからないように。あ、あとで教室に行ったら、誰にも見つからないで辿り着ける地図、書いてあげるから」

「……地図？」

「うん。宝探し的な。きっと面白いよ。じゃあ、そろそろ行こうか？」

ゆっくり立ち上がって、伸びをした芹羽くんが歩いて先を行く。

あたしは、何も分からないまま彼を慌てて追いかけた。

先に芹羽くんが教室に入って、あたしはそれに続く。一緒に来たけれど、並んで歩いていたり話をしてきたりしたわけじゃないから、たぶん周りのみんなはたまたま同じ時間に教室に入っただけとしか、思っていないと思う。

隣同士の席に着いた瞬間、あたしの目の前に影が出来た。

「奏音ちゃん、良かった間に合って。大丈夫？　これ」

差し出されたのはスポーツ飲料のペットボトル。顔を上げると、心配そうに眉を下げてこちらを見る恭ちゃんがいて、胸がチクリと痛んだ。

「あ、ありがと……」

恭ちゃんに嘘をついてしまった。これ、買ってくれてたんだ。

受け取ったペットボトルを見つめて、恭ちゃんの優しさにますます胸がギュッと痛む。

「今日は帰り一緒に帰れるからさ、またあとでね」

笑ってくれる恭ちゃんに、あたしも笑顔を向けた。

あたしのことなんて、気にしなくてもいいのに。帰りだって、また一緒のところを夢香ちゃんに見られたら、また夢香ちゃんが傷ついてしまうかもしれない。

昨日あったことをどうしても考えてしまって、授業もたまに上《うわ》の空《そら》になる。

あたしは一体、どうしたらいいんだろう。

「はい」

今日、何度かついたため息のあと、机の上に折り畳まれた一枚の紙が置かれた。

驚いてすぐに顔を上げて横を見ると、芹羽くんが困ったような顔をしている。

「今日じゃなくてもいいから」

「……え」

「僕の方は、いつでも来ていいから」

聞き返そうとしたら、帰りのホームルームが始まってしまった。

先生が入ってくると、芹羽くんはまっすぐに前を見る。

渡された紙を開いてみると、ひらりと桜の花びらが机の上に舞った。

そこには旧校舎の地図が印刷されていて、その上に音楽室までの近道が書かれている。

綺麗な文字だ。本当に宝の地図みたいで、ワクワクしてしまう。

でも……。

『今日は帰り一緒に帰れるからさ』

チラリと恭ちゃんの背中を見たあとに、地図へと目線を戻す。

あたしは、どうしたい？

カタンッと隣から椅子をしまう音がして顔を上げると、いつの間にかホームルームは終わっていた。同時に芹羽くんが教室を出ていく。

彼が歩いて行ってしまうのを見届けて、あたしは地図を一度折りたたんでブレザーのポケットに仕舞うと、リュックを手にして恭ちゃんのところへと向かった。

「あ、あのさ、恭ちゃん」

「お、奏音ちゃん帰る？　ちょっと野球部見ていかない？　マネージャー募集してるんだよ。奏音ちゃんがなってくれたらいいなって今みんなで言ってて」

「え⁉」

みんなで？

恭ちゃんの周りには、数名のクラスメイトと、たぶん別のクラスの男子もいた。

「そうそう、奏音ちゃん可愛いし、男だらけの野球部の華になってもらえたらなぁって」

「現マネージャーは引退だし、今引き継いでもらえば完璧！」

「マジでお願いしたいっ！」

詰め寄ってくる男の子達に圧倒されてしまっていると、恭ちゃんがあたしの前に立ちはだかる。

「あんまり奏音ちゃんに近づくんじゃねぇ」

「なんだよー、別に恭太の彼女でもなんでもないだろ」

「マジで。幼馴染ってだけで独り占めしてんじゃねーよ」

「う、うるせぇよお前ら」

騒ぎ始めた男の子たちに唖然としつつ、あたしは恭ちゃんの制服の裾を引っ張ってこそっと耳元で囁いた。

「ごめんね、今日は、ちょっと用事があるから」

それから周りにいた男の子達にも頭を下げて、あたしは教室から逃げるように出た。

ああ、なんだか驚いた。男の子達の勢いがすごい。野球部って元気な人が多いな。

深いため息を吐き出すと、ようやく落ち着いて立ち止まった。

昇降口まで降りて、自分の靴箱に上靴を脱いでしまうと、外靴を手に持った。

ポケットにしまっておいた紙を取り出して開くと、もう一度確認する。
一、上靴と外靴を履き替える。
二、昇降口からは出ないで、一年生靴箱の横にある渡り廊下を進む。
この時、周りに人がいないことを確認！

芹羽くんの書いてくれた通りに、あたしは渡り廊下に人気《ひとけ》のない事を確認してからすばやく出る。地図の通りに歩いて行くと、旧校舎の入り口に辿り着いた。

しかし、ここは締め切られているようだ。立ち入り禁止の文字がある。

紙をもう一度確認すると、そこから右側の外テラスをまっすぐ行って、突き当たりにある扉がゴールとなっている。

　あたしはその通りに進んでいった。

　今日の風も穏やかで、日差しもちょうど良いくらいに暖かい。

　旧校舎はほとんど使われていないと言っていたけど、荒れた感じはせず、きちんと整備されているのを感じる。だから、暗く幽霊の出る廃校ということは全くない。

　恭ちゃんに脅かされたことを思い出して、あたしは少し膨れてしまう。

　そんなこんなでゴールの扉に辿り着き、歓喜する。すると、ザッと急に吹きつけてきた風が、桜の花びらを運んできた。

　扉の後ろ側、あたしがいつもくぐり抜けてくる桜の木があって、花びらはもうだいぶ散り始めていた。

　傾斜のある道なき道をくぐり抜けてきた自分の行動力に我ながら感心してしまう。

　確実に今日来た道の方が安全安心だった。

　扉に戻って、そっとドアノブを回してみる。ガチャッ、と音がやけに響いた。

　ドアをそっと引いて開けると、ピアノの音色が聴こえてきた。

　芹羽くんがいる。胸がドキドキと高鳴っていく。

　外靴を脱いで、ゆっくりドアノブを閉めると、あたしは音楽室へと向かった。あたしが入った非常扉から音楽室はすぐのところにあった。廊下のガラス窓から中の様子を覗いてみる。ピアノが見えて、音も聞こえるけれど、芹羽くんの姿までは確認出来ない。だけど、もうこの音色は芹羽くんの奏《かな》でるピアノだと、自信を持って言える。

切なくて悲しいけれど、喜びが溢れているような、そんな気持ちになる。

聴き入っていると、ふと音が止まった。

コツコツと足音が近付いてきて、ドアが開く。

「来てくれたんだね」

柔らかく微笑む芹羽くんに、あたしは頷いた。しっかりドアを閉めてから、芹羽くんはピアノのそばに椅子を運んでくれた。

「どうぞ」

さらに手を差し出して、座るように言ってくれる。

「あ、ありがとう」

素直に椅子に腰かけると、芹羽くんはピアノの前に腰かけた。芹羽くんのすぐそばに居られる事が嬉しくなってしまう。

「地図、大丈夫だった？」

不安げに聞いてくる芹羽くんに、あたしは大きく頷いた。

「うん、宝探しみたいでワクワクした！　ゴールに辿り着いた時は嬉しかったし」

思わず身を乗り出すように、椅子から立ち上がる勢いで言ってしまった。驚いたように目を見開く芹羽くんに恥ずかしくなる。

「そっか。なら良かった」

それでも俯《うつむ》いてしまった視線を芹羽くんに戻すと、ふっと優しく笑っていて、ほっとした。

ごめん、ともごもご言いつつ座りなおすと、芹羽くんは優しい目でこちらを見た。

「あと、元気になって良かった」

「……え」

「今朝から、元気なかったでしょ？」

「……あ……」

もしかして、あたしを元気づけるために？

びっくりして芹羽くんを見つめる。確かに彼だって、今日は笑顔だ。あの時のように頬に涙が伝ってはいない。

「芹羽くんも元気そうで、良かった」

「……あ」

思わずあたしもそう言うと、芹羽くんが目を逸らして困ったように笑う。

そういえば、どうして、あの時、泣いていたの？

聞きたいけれど、なんだか、まだ踏み込んではいけない気がして、あたしも俯《うつむ》いて膝の上に乗せた手をきゅっと握りしめた。

「一曲、弾いてもいい？」

柔らかな声の芹羽くんに安心して、あたしは微笑み返す。

「うん、聞きたい」

また、クラシック音楽が聞こえてくるのかなと耳を澄ませていれば、どこかで聞いたことのあるメロディーが紡ぎ出された。

静かに、切なく始まる高音から、弾むように軽快になっていく。

頭の中に浮かんだ曲名が口を突いて出た。

「え？　春の真ん中⁉」

驚いた芹羽くんは顔をこちらに向けて笑顔をくれた。それからまたピアノに向き合って、ますます楽しそうに軽快に音を奏《かな》でる。聞き馴染みのある楽曲。たぶん、芹羽くんがアレンジしているのもあって、本来の曲とはまた違って聞こえてくるけれど――

鍵盤を滑る指先から目が逸らせなくなる。

「知ってるの？　この曲」

「知ってるよ！」

「そっか、知らない前提で弾いたんだけどな、知ってるんだ。なんか……恥ずかしいな」

「え……どうして？」

「あれ、原作が少女漫画の映画で使われた曲じゃん。男が少女漫画知ってるとか、ちょっと嫌じゃない？」

去年大人気だった少女漫画『桜の君』。

映画の中で流れる劇中歌の『春の真ん中』は、密かな大ヒット曲だ。

この映画を観た人で、この曲を知らない人はいないと思う。

まぁ、少女漫画や主演俳優さんに興味がなければ、見ることもない映画かもしれないけれど、あたしは向こうの友達と公開初日に映画館に観に行くほどに、この漫画も映画も大好きだった。

最後の音を弾き切って、芹羽くんはあたしを見つめた。

「この前、ここへ中村さんが来た時に、この曲の映画のワンシーンみたいだなって思っちゃって。なんか、嬉しかったんだよね」

そう言われて思い出す。

窓から現れた芹羽くん。差し出された手。

そして。

――桜だらけじゃん、君、春の妖精なの？


芹羽くんの言葉を思い出す。

「ほんとだ！　映画のセリフと一緒だ！」

思わず叫んでしまう。芹羽くんは恥ずかしそうに、でも楽しそうに笑った。

「そう。あんなセリフたぶん、もう二度と言わない」

あたしもおかしくて笑ってしまった。

あの時の芹羽くんは本当に、映画みたいに幻想的で綺麗で、セリフに違和感なんて微塵もなかった。

だけど……

「今思えば、ちょっと恥ずかしいセリフかもね」

「うわ、思い出さないでよ。まじで恥ずかしい……」

芹羽くんの頬から耳までが一気に色付いていくのを見て、あたしは驚きながらも嬉しくなった。

「芹羽くんって、楽しいね。教室にいるとあんまり喋っているイメージがなかったから」

「あ、うん。基本、人見知りだしね」

「そうなの？」

「こんな髪色してるし、周りはヤバいやつだと思ってあんまり近付かないよ」

芹羽くんが自分の前髪を摘《つま》んで笑う。また窓の外の光に透けて、淡い色の髪の毛がキラキラ光る。

「それって、染めてるんだよね？」

「あー、うん」

「綺麗だね」

「え……」

「初めて芹羽くんと会った時、キラキラしててすっごく綺麗だと思った」

芹羽くんのすぐ隣まで椅子を持ってきて、あたしは座ってニッと笑った。

「……ありがとう」

また、照れたように俯《うつむ》く芹羽くんに、あたしは「ピアノ、触ってみてもいい？」と、聞いてみる。

「うん、どうぞ」

椅子を譲ってくれようとしたのか、立ちあがろうとする芹羽くんの腕を、あたしはとっさに掴んでしまった。驚いた顔をした芹羽くんに、掴んだ手をすぐに離す。

「あ、ごめん、ね。あたし、弾いたりは出来なくて、ただ、触ってみたかっただけだから」

ピアノを習っていたこともないし、『奏音』なんて名前なのに楽器は音楽の授業で使うリコーダーや鍵盤ハーモニカくらいしか知らない。

本格的な楽器に触れたことなんて、産まれてから一度もない。

そう言うと、芹羽くんは少しだけ席をずれて、隣にあたしを誘ってくれた。

「じゃあ、チューリップでも弾いてみようか？」

「それなら出来るかもっ！」

あれは確か簡単。鍵盤ハーモニカでもやった事がある。やる気満々で鍵盤に指を置いた。

けれど、ドレミ、ドレミ、と軽快に押していたはずの鍵盤は、次の瞬間、思ったのとは全く違う音を鳴らした。

「あ、あれ？　こっち？　ん？　ちがうな、こっちか？　あ！　これ！　これだよね？」

何度も人差し指が鍵盤の上をうろうろしては音を探す。

ようやく見つけたドレミ……のあとのソの音に、隣にいる芹羽くんに振り向くと、彼は肩を震わせて真っ赤な顔で笑いを堪《こら》えていた。

「……っ、あははは、もう、面白すぎる！　おかしぃー」

大笑いしながら目元を拭って、涙まで流しはじめた芹羽くん。その姿に、自分がテンションを上げ過ぎていたようで恥ずかしくなってくる。

だけど、本当におかしそうに笑っているその姿に、じわじわと笑いが伝染してきた。

結局、二人で大笑いした後に、芹羽くんは一音も間違えずにチューリップを弾いてくれた。

思い出して笑いを堪《こら》えながら指が震えているけれど、間違えることはない。

指の動きを見てから、あたしも真似をするけれど、ドレミ、ドレミ、ファ……と、音を間違えてはまた爆笑を誘う。ほんと、音楽センスがなさすぎる。

楽しい時間はあっという間に過ぎてしまった。

時計に目を向けて慌て出した芹羽くんと一緒に、あたしも急いで椅子を片付ける。

非常扉から、二人で外へと出た。

「めちゃくちゃ笑って腹筋痛い」

まだ思い出して笑っている芹羽くんに、あたしも笑うしかない。

ひとしきり笑っていると、芹羽くんは扉に鍵をかけてから、こっちを振り向いた。

「このまま、一緒に帰ってもいい？」

「え……うん」

あたしは嬉しくてすぐに頷いた。

それから、二人で誰にも見つからないように、正門を目指す。

なんだか、いけないことをしている気分になって、ドキドキが増した。見つかってはいけないいドキドキと、すぐ目の前にいる芹羽くんの後ろ姿へのドキドキ。心臓は、なんだかオーバーヒートしそうなくらいに早く脈打っている。

正門まで来ると、辺りに生徒はあまりいなかった。

芹羽くんと並んで桜の木の坂道を、ゆっくりと下りはじめる。

足元にはピンク色の絨毯《じゅうたん》。あたしの心の中も淡いピンク色に色付いているように、気持ちが軽く感じる。時折吹く強めの風に、桜の花びらが舞い落ちてきた。

「これ、空中で掴めたら願いが叶うんだよ」

「え！　そうなの？　あたし、この前掴めたよ」

「ほんと？　すごい。僕、なかなか掴めたことないんだよね」

悲しそうに、舞っている花びらにそっと手を伸ばす芹羽くんの姿に、あたしはぴょんっと隣で飛び跳ねた。

「そんなんじゃ掴めないよ、追いかけなくちゃ！　ほら、あ！　あっち！　あー！　よっ！　ダメだ！」

ぴょんぴょん飛び跳ねながら、あたしは先を行く。何度目かに飛び跳ねて手を伸ばした先にあった花びらを、キャッチする。

「やった！」

掴んだと思って、握りしめた手を芹羽くんの方へと向けた。駆け寄ってきた芹羽くんが、あたしの拳を興味津々に覗き込んできた。小指から順番に、そうっと手のひらを開く。風でまた飛ばされてしまわないようにゆっくりと。

「……あ、あれ？」

開いた手のひらには、何もない。

「なんだ、掴めてないじゃ……ん」

お互いに顔をあげると、思ったよりもすぐ目の前で目が合った。

サラリと流れる芹羽くんの前髪が、あたしのおでこに触れそうなくらいに近い。

吸い込まれそうに澄んだ瞳。

「ざ、残念っ、もう一回！」

恥ずかしさをごまかすために、あたしはまた空へと手を伸ばす。

芹羽くんの家はおばあちゃんちとは全然近くなくて、二人で帰れるのは坂の下までだった。

「また明日」って、手を振ってくれる芹羽くんにあたしも手を振りかえして、後ろ姿を見送る。

くるりと背を向けて、なんだかそわそわしながらあたしは帰り道を辿った。

第四章　「鈍感なのは誰」

あの日から、あたしは芹羽くんと少しずつ仲良くなっていった。

教室でも隣の席だから、ほんの少しだけど話もするようになった。

お昼は柚季ちゃんから一緒に食べようと誘われてから、教室で一緒に食べている。

ちなみに、恭ちゃんから誘われていた野球部のマネージャーの件には丁重にお断りをして、あたしは柚季ちゃんのいる手芸部に入部した。

恭ちゃんには何度も「マネージャーやりたくなったら言ってね」と言われているけれど、やる気は微塵もない。そして、恒例となってしまった朝のお迎えも、そろそろ必要ないかなと思っている。

桜はすっかり散ってしまって、葉っぱを青々と付けた桜の木。

太陽も毎日暑さを増している。

あたしは、ようやく慣れた校舎の廊下を歩いて、手芸部の部室である家庭科室に滑り込んだ。

手芸部は基本のんびり活動していて、時間をかけて自分の作りたいものを丁寧に作り込んでいくのが活動内容だ。

一年かけて、あたしは何を作ろうか、と、悩むよりも、まずは糸通しの段階で大苦戦しているのだけど。

「……奏音ちゃんって、不器用だね」

横からぬっと出てきて、今日は長細い三つ編みに黄色いリボンを付けている柚季ちゃんが真顔で言う。

「柚季ちゃん、はっきり言わないでー」

心にグサリと刺さるストレートな言葉に、涙が出そうだ。そう言っている間にまた手元が狂う。

「それもう何分やっているの？　ほら、いい加減便利なものがあるんだから、これを使いなさいよ」

差し出されたのは、糸通し。うん、知ってる。これ、さっき頼ろうとしたんだよ。でもね、使い方がよくわからなくて、結局出来ずに八つ当たりで遠くに追いやったんだ。

「……ちょ、ちょっと待って！」

糸通しを受け取って、適当に銀色の持ち手の隣に糸をひっかける。そして、針の穴へと向けたところでストップがかかった。いつもにこやかに笑っている柚季ちゃんの表情が崩れていた。

「使い方、知ってる?」

怪訝な顔をして聞いてくる柚季ちゃんに、あたしは針も糸通しも手放して「知らない!」と、全てを放棄した。

柚季ちゃんは苦笑して、あたしの隣の席に座った。

「まぁさ、別に手芸は針と糸だけじゃないし、自分の得意なことを見つければいいよ。編み物とか、ミシンとか、あと、今は布用のボンドやテープもあるから、それだけでもポーチとか作れちゃうし。気を落とさないで、ゆっくりやろう?」

糸通しの使い方を教えてもらって、簡単にできることを知った。そのあとの玉結びやら、なみ縫いやら、玉留めやらも教えてもらったんだけど……どうも縫い物は向いていないみたいだ。

「手芸部に入ってくれたのは嬉しいんだよ。部員たったの三人しかいなかったし」

すいすいとなみ縫いを披露しながら、柚季ちゃんが言う。

確かに広い家庭科室を見回すと、一人は黙々とトルソーを抱えて洋服を作っていて、もう一人はいろんなぬいぐるみをテーブルに並べている。それぞれ個性が強い。

「一年で何かを作れば良い話だから、ここには人生相談でもしに来てると思って過ごしてよ」

「……人生、相談……？」

「そ。あたしね、平凡な毎日を過ごしているから、色々と刺激が欲しくて。あまり公《おおやけ》にはしていないんだけどね、けっこう相談しに来てくれる子達が多いんだよ」

相変わらず緩い笑顔の柚季ちゃんからは、何を考えているのかを読み取るのが難しい。

首を傾げると、柚季ちゃんは小さく頷いた。

「そのおかげで、夢香とも絵奈とも仲良くなれたんだし、奏音ちゃんもたくさん話してね」

「……あ、うん。ありがとう」

柚季ちゃんは話しやすい。ストレートな物言いはあっても、間違っているわけではないし、嫌味なわけでもない。一つだけ、気になることを聞いてみた。

「あのさ、夢香ちゃんの相談事って、やっぱり恭ちゃんのこと？」

柚季ちゃんはまたクスリと笑うと、「個人情報保護のために、それは話せないかな」と言って、席を立った。

「それは、夢香と直接話してごらんよ」

そう言って、窓の外へ視線を向ける。あたしも同じように立ち上がって、外に視線を向けた。家庭科室からは校庭の半分が見える。そこで走る、夢香ちゃんの姿を見つけた。

そこで、今悩んでいたことを思い出した。恭ちゃんとは、やっぱり夢香ちゃんが気になって一緒にはいられないと思う。

だけど、いきなり「朝一緒に行かなくてもいい」なんて言ったら、恭ちゃんは自分が何かしてしまったんじゃないかと気にしてしまうかもしれない。

だから、少しずつ、徐々に恭ちゃん離れをした方がいいのかもしれなかった。

そんなことを考えた放課後の昇降口、靴箱の前で靴を履き替えていると、ちょうど恭ちゃんがやってきた。

「奏音ちゃん、帰ろう！」

急いできたのか、制服を着崩していて、リュックも片方だけしか肩にかけていない。汗もかいている姿に、あたしは慌てて首を横に振った。

「恭ちゃん、最近いつも急いでるよね？　あたし、もう一人でも大丈夫だよ」

「え、あ……でもさ、俺も急げば奏音ちゃんと一緒に帰れるから。遠慮しないで」

恭ちゃんは笑いながら靴を履き替える。

なんだか、一番初めに頼りにしてるって言ってしまったことや、母や道香さんの言葉が重荷になっていそうで申し訳ない。

それにこの前、一緒に帰ろうと言われたのを断った日から、なんとなく恭ちゃんとは、少しだけ気まずい感じが続いていた。

「恭太ー！　忘れ物！」

「え？　あー、悪《わ》りぃっ」

恭ちゃんは外から誰かに呼ばれて「先外出てるね」と忙《せわ》しなく行ってしまった。

その時、カタンッと隣の靴箱から音がして、あたしは顔を上げた。

「あ……芹羽くん……」

「今、帰り？」

「う、うん。芹羽くんは？」

「僕は……あ、うん。もう少し用事があるから、じゃあ、またね」

「うん、また明日」

小さく笑ってくれた芹羽くんの笑顔に、胸の中が暖かくなる。

――ピアノを弾きに行くのかな。また、聴きに行きたいな。

去っていく芹羽くんの後ろ姿を見つめていたあたしは、外靴に履き替えて外へと向かった。

先に行った恭ちゃんが、男の子たちに囲まれているのを見つける。あの集団が、あたしは苦手だ。

恭ちゃんのそばに行くのを躊躇していると、さらに別の方から、夢香ちゃんが恭ちゃんに近づいてきたのが見えた。

「恭太！　今帰り？　ちょっと待っててよ。あたしすぐ荷物持ってくるから」

「え、あ、ごめん夢香。俺、奏音ちゃんと帰るから」

恭ちゃんが誘いをすぐに断ると、夢香ちゃんの表情が一瞬にして変わった。

「……あ、そう。分かった！　もういい」

「は？　何怒ってんだよ」

走り去っていく夢香ちゃんに、恭ちゃんは困りながらも首を傾げているだけ。去って行ってしまう夢香ちゃんの後ろ姿を見届けてから恭ちゃんを見ると、何もなかったようにまた周りの男の子達と話をしている。

そんな恭ちゃんに、胸の中のモヤモヤと、イライラが募る。

あたしは恭ちゃんのところへ走っていくと、彼の袖を引いた。

「恭ちゃん、もうあたし一人で帰れるから大丈夫だよ。今日から夢香ちゃんと帰ってあげて」

「……え？」

突然割り込んできたあたしに、恭ちゃんが目を瞠《みは》っている。他の男子達がざわめいているけれど、今はそれも気にならなかった。

「お願い」

もう一度重ねて頼む。

「だって、最近朝も一緒に行けてないし……帰りくらいは……」

「だから、あたしは大丈夫だから」

まっすぐに恭ちゃんの目を逸らすことなく、見つめた。すると恭ちゃんは、なぜかすごくつらそうな表情になって、でも頷いてくれた。

「……う、うん」

「ありがとう。じゃあね、バイバイ」

何か言いたげな表情をした恭ちゃんに背を向けて、あたしは歩き出す。

どうして、夢香ちゃんの気持ちに気が付かないんだろう。

毎朝恭ちゃんのことを待っているのだって、一緒に帰ろうって誘うのだって、きっと勇気がいるはずだ。

あんなに一生懸命な夢香ちゃんの気持ち、気が付かないなんて、恭ちゃんって鈍感なの？

胸の中のモヤモヤが膨らんでいって、地面を踏み込む足に力が入った。

家に帰ると、おばあちゃんが畑で草むしりをしている後ろ姿を見つけた。

「おばあちゃんただいまー」

「おかえり、奏音ちゃん」

一度顔を上げて笑顔を見せてくれると、おばあちゃんはすぐにまた草をむしり始めた。

あたしは玄関から中に入って縁側を通り、部屋に入る。リュックを下ろして制服のリボンを外した。着替えをタンスの中から選び、白のパーカーにデニムのパンツを穿いて、制服は襖の前にきちんとかけた。まだ明るい縁側に座り込み、スマホを手にしてSNSを流し見る。

向こうにいた時の友達は、みんな、あたしがいなくなっても高校生活を楽しんでいる。

だから、あたしもこっちで元気にしていると、コメントを送る。でも、そうしているうちに少しだけ寂しくなった。

確かにそれなりに毎日楽しいけれど、まだ本当に心を許せる友達が出来ていない気がする。

小さくため息をついて、膝を抱えて目を閉じた。

「ただいまー、奏音、シュークリーム買ってきたよ、食後のお楽しみぃ」

玄関から元気な母の声が響いてきて、あたしは顔を上げた。

時計を見ると、そこそこの時間が経っていた。

母のパートの仕事は順調らしい。最初のうちは疲れ果てて帰ってきて、おばあちゃんに頼って家のことは何もしていなかったのに、最近はちゃんと家事もこなせるくらいに余裕が出てきたみたいだ。

元気のない母を見るのは胸が苦しくなるから、出来るだけ笑顔でいてくれると、あたしも安心する。

あたしは母を玄関まで迎えに行った。

その後の話だ。

「奏音、クラスメイトに芹羽誠くんって子、いる？」

「え!!」

夕飯の支度の手伝いをしていたところに、予想していなかった名前が出てきて、大きな声が出た。

手のひらの上で丁寧に切った豆腐を味噌汁に静かに落とし入れた母を見つめる。

「……い、いるよ」

「本当？　あのね、パートの先輩で、お母さんよりもとても若いんだけどね、今色々と教わっているところなの。休憩中にお話ししたら、奏音と同級生の息子さんがいるらしいのよ。芹羽さん」

「そ、そーなんだ……」

「遅めの反抗期だって言っていたけど、やんちゃな感じの子なの？」

「え……」

——反抗期？

その言葉に、あたしは芹羽くんの髪の色を思い出す。

確かに、髪の色は明るく染めていて校則違反だけれど、別にやんちゃなわけではない。教室ではいつも静かに本を読んでいるし、恭ちゃんみたいに周りの男の子たちと騒ぐこともない。

あたしは、言葉を選びつつ首を横に振った。

「やんちゃ……なのは、恭ちゃんでしょ。芹羽くんは静かだよ」

「あら、そうなの？　なんだか酷く悩んでいたみたいだったから、よっぽどなのかと思ったけど、そこまでじゃないのかしら？」

沸騰する前にコンロの火を止めて、母は鍋に蓋をした。それからあたしに視線を送る。

「あ、あと、恭太くんと喧嘩でもしたの？」

「え！　なんで？」

「朝のお迎え、来てくれなくなったじゃない？」

そう言われて、慌てて両手を振った。

「あー、それは、恭ちゃん野球部で朝早いから、あたしのんびりしてるし、迷惑かけちゃうといけないから先に行ってもらうことにしたの」

「そうなの？　まぁ、部活なら仕方ないわよね、奏音もだいぶ慣れただろうし。学校は楽しい？」

心配そうに眉を下げる母に、あたしは笑顔で頷く。

「楽しいよ。勉強は難しいけど」

「そこはどうにか頑張ってもらわないとね」

苦笑いの母に、あたしも同じように笑うしかない。

「奏音も悩んだらちゃんと話をしてね。お母さんでも、おばあちゃんでもいいから」

「……うん、分かった」


次の日、いつも通りに家を出て歩き出すと、恭ちゃんの姿を見つけた。

「おはよう、奏音ちゃん」

「……おはよう」

「坂の下までなら、一緒に行ってもいい？」

眉を下げる恭ちゃんに、胸が痛む。勝手に悩んで恭ちゃんにイライラしてしまったことを後悔する。

何も反応しないで歩き出すあたしの横を、恭ちゃんはゆっくりついてくる。

「……あのさ、なんで、昨日夢香と帰れって言ったの？　朝も俺のこと避けてるし。俺、なんか奏音ちゃんに嫌われるようなことした？　もし、してたらさ、謝らせてよ。しつこくマネージャーに誘ったのが嫌だったとか？　色々考えたんだけど、それくらいしか思いつかなくて……」

「……恭ちゃんは悪くないよ。謝ることなんて何もない」

「え……じゃあなんで」

足を止めると、恭ちゃんも足を止めた。呆然とした表情の恭ちゃんに何も言えない。あたしが恭ちゃんと仲良くしていると、嫌だなって思っちゃう子がいるからだよ。だけど、それはあたしの口からは言えないんだ。

「夢香に、なんか言われた？」

「……ううん」

「今、間があったけど？　昨日話したんだよ、夢香と。奏音ちゃんのこと」

「……え」

思わぬ言葉に眉を顰《ひそ》めた。

あたしのこと？

「あいつも奏音ちゃんのこと、ちゃんと覚えてたよ」

見上げた恭ちゃんは、優しく微笑んでいる。

「奏音ちゃんが引っ越して行ったあとにさ、俺めちゃくちゃ落ち込んで。しばらく引きこもってたんだよ。だけどさ、夢香が毎日学校で話しかけてくれてさ。それがあったから、立ち直れた気がするんだ。今思えばだけど。夢香はめちゃくちゃ良いやつだよ。俺の一番の親友だって、昨日再確認した」

「……え」

「だからさ、奏音ちゃんも仲良くしてよ、夢香と。きっとあの頃のこととか話したらすぐに仲良くなれるって」

ね、と長身を屈めて恭ちゃんがあたしを覗き込むから、小さく頷いた。

――確かに、まだ夢香ちゃんとは、きちんと話をした事がない。

クラスも違うから、なかなか会うこともないし。朝だって、恭ちゃんのことも夢香ちゃんのことも、あたしが避けてきたようなものだ。避けるんじゃなくて、一度、向き合ってみるのが正しいのかもしれない。坂の下、夢香ちゃんの姿が見える。あたしは心臓が徐々に早く脈打っていくのが分かりながらも、恭ちゃんに言った。

「……恭ちゃん、あたし、夢香ちゃんと話してみたい」

「おう、じゃあ今日は三人で行こうよ」

「……う、うん」

「大丈夫だよ、なんかあったら俺がなんとかするって、な」

満面の笑み、頭に乗ったゴツゴツした手に撫でられて、思わず身を避けた。

「あ、ごめん、つい」

見上げた恭ちゃんの顔が、ほんのりと赤くなっている。

その瞬間、慌てて視線を送ると、夢香ちゃんと一瞬だけ目が合った気がした。夢香ちゃんはすぐにあたしから視線を背けると、先に一人で坂を歩き始める。慌ててその後ろ姿を追いかけた。

「待って、夢香ちゃん。あの、一緒に……」

走ってなんとか追いつき、夢香ちゃんの腕を掴んで引き留める。

驚いた顔で振り向いた夢香ちゃんの瞳が、ゆらゆらと揺れていた。

溢れる事はないけれど、目の縁が赤く色付いていて、泣いているように見えた。それに、やっぱりあたしを睨むように顰《しか》められた眉と上がっている目尻。

思わず、あたしは掴んだ袖から手を離した。

するとすぐに、夢香ちゃんは坂を駆け上がって行ってしまった。そんな彼女の後ろ姿を、あたしはただ見つめるしか出来なかった。

後ろから歩いてきた恭ちゃんは、だらりと右腕を落としたままのあたしに、訝《いぶか》しげに聞く。

「あれ？　あいつ先行ったの？」

「……うん」

「なんだよ、奏音ちゃんと話すって言ってたのに」

恭ちゃんは夢香ちゃんの後ろ姿を眺めながら、ぼんやりとしている。

「あ、あのさ、恭ちゃん、あんまりあたしのこと、構わないでほしいんだけど……」

「え……」

「恭ちゃんのそういう行動って言うか、反応って言うか、それって、きっとね……」

夢香ちゃんのことを傷つけているんだと思う。

だから、やっぱり、あたしは恭ちゃんとはあんまり一緒にはいられない。

そこまで言うと、だんだん気持ちが悲しくなってきた。恭ちゃんの方に顔を上げると、さっきよりも顔の赤みが増していた。

「……あれ？　恭ちゃん、なんで？　顔、赤いけど……」

「……いや、その……と、とりあえず、今日は、絶対に一緒に帰ろう。話がある」

「え？」

耳まで赤くして、恭ちゃんは先を歩き始めた。

通りかかった友達から、「あれ？　どーした恭太、熱？」なんて言われるくらいに顔が火照《ほて》っている。

どうして？

先を行く恭ちゃんを見たまま立ち尽くしていると、後ろから静かに声がかかった。

「……奏音ちゃんってさ、不器用な上に鈍感だよね」

「うわっ‼　びっ、くりしたぁ」

突如現れたのは、柚季ちゃんだった。今日は水色のリボンが風になびいている。

柚季ちゃんはあたしを見て、軽く手を振った。

「おはよう。何突っ立っているの？　遅れるわよ」

「あ、うん」

柚季ちゃんがふわりと笑う。だけど、彼女はやっぱりどこか掴めない雰囲気を纏《まと》っている。

「……あたしが鈍いって……？」

「え、ああ。分からないの？」

あたしが聞くと、柚季ちゃんの眉がぴくりと動いた。けれど、表情はまたすぐに穏やかなものに戻る。

「まぁ、今日の帰りにはその謎が解けるでしょ」

「……謎……？」

歩くスピードを上げて先を行く柚季ちゃんを、あたしも急いで追いかけた。

教室に入ると、先に着いてすでにクラスメイトに囲まれている恭ちゃんの姿が目に入った。

あたしはその姿を目で追いながら、自分の席までゆっくり向かう。途中、話をして笑った恭ちゃんがあたしの方をチラリと見るから、視線が合った。だけど、あたしが反応する前にすぐに視線は戻ってしまう。

恭ちゃんの行動の意味がますます気になった。

リュックを机の横にかけて、席に着く。あたしは頬杖をついて斜め前の恭ちゃんの背中をジッと見つめていた。

「おはよう、何かあった？」

隣から椅子を引く音と共に、柔らかい声が落ちてきた。

「眉間に、皺《しわ》寄ってるよ」

顔を上げると、自分の眉間に人差し指を当てながら微笑む芹羽くんがいて、あたしは額に隠すように両手を当てた。

「お、おはようっ。う、なんでも、ない」

「そうなの？」

「うん、大丈夫……」

帰りには謎が解ける。柚季ちゃんに言われた言葉を思い出して、あたしは自分に頷いた。

芹羽くんは不思議な顔をしながらも「そっか」と笑ってくれる。

「――あ、そうだ」

芹羽くんの顔を見て思い出した。

昨日、まだ片付けが中途半端だった趣味満載が詰め込まれたダンボールを開けて整理していたら、良いものを見つけたんだ。あたしはリュックのチャックを開けて、中に入れていたクリアファイルを取り出した。

あたしが机の上に置くと、芹羽くんの目が丸くなった。

「それって……」

「うん、『桜の君』のクリアファイル、とぉ……」

あたしはその中からゆっくりと二枚のシールを取り出した。

「映画館、初週限定配布のでんぶちゃんシールっ！」

興奮気味に、だけど、声は最小限にして、あたしは取り出したシールを芹羽くんへと見せた。

茶トラのでんぶちゃんは、桜の模様がくりっとしたつぶらな瞳に浮かぶ子猫。映画の中の二人のキューピッド役でもあるため、羽が生えた格好をしているレアなポーズまである。

芹羽くんは今まで見たことがないぐらい、目をキラキラさせてシールを見つめている。

「う、わ、まじで？　公開始まってすぐは見に行けなかったから、僕は持ってない」

そうかな、と思ったのだ。

あたしは大きく頷いて、二枚のうち、一枚のシールを芹羽くんの机の上にそっと置いた。

「はい、あげる」

「……え」

「一緒に行った友達がこういうのは興味ないからってくれたの。だから、良かったらもらって。一枚あれば十分だし」

芹羽くんが喜んでくれたら、あたしはそれが嬉しいし。

自分の分をクリアファイルにしまって芹羽くんへ視線を戻すと、笑顔を向けてくれた。とても優しくて嬉しそうで、いつものカッコいいキリッとした目が三日月を描いていて、可愛く見えた。

「ありがとう。大事にする」

「うん」

朝から芹羽くんの笑顔が見れて、幸せな気分になる。

だって、芹羽くんって教室にいる時はほとんど笑わないから。常にクールで無口で、でも先生に当てられた時だけはスラスラとなんの授業でもこなしてしまうカッコ良さがある。

秘密の場所で見る芹羽くんとは、また違う気がしていたけれど、やっぱり、芹羽くんが笑ってくれると、あたしは嬉しかった。

そうしている間に、もやっとしていた気持ちは少しだけ晴れていた。

けれど、放課後。

「今日は、針も糸も要らないから、話でもしようか」

「……え」

柚季ちゃんの突然の提案に、あたしは手を止めた。

せっかく、家庭科室のいつもの窓際のテーブルに裁縫セットを広げていたのに、どういうことだろう。

「もしかして、あたしに見込みがないからもう呆れられた……とか」

それって悲しい。

がっくりと肩を落とすと、柚季ちゃんは珍しく声を上げて笑った。

「あはは、違うよ。ちょっと、奏音ちゃんのことが知りたいだけ」

それから、柚季ちゃんはまたいつもの読めないふにゃりとした笑顔に戻って、あたしの隣の椅子に座った。

「ゆずーっ、何、話ってぇ」

そこへ突然、静かな家庭科室に声が響いた。振り返れば、入り口のドア付近に絵奈ちゃんがいる。彼女はあたしと目が合うと、何かを察したように頷いた。

どうやら、二人はあたしに何か用があるようだった。

「奏音ちゃんって、どこにいたんだっけ?」

絵奈ちゃんはなんの躊躇もなく家庭科室に入ってくると、あたしに対面する形で座った。

いつも眺めていた窓の外の景色が絵奈ちゃんの顔に変わってしまう。まるで尋問みたいな状態に少し怯えつつ、返事をした。

「神奈川……横浜だよ」

「あー、中華街とかがある?」

「うん」

絵奈ちゃんはいつもと変わらない調子で、話をする。

「都会だよねぇ、いいなぁ、憧れる！　向こうの男子はやっぱりカッコいい？　アイドルみたいな人たくさんいる？」

「え……、いや、それは……いない、かな」

「えー、絶対にこんな田舎よりもイケメンたくさん居そうなのになぁ。彼氏とか居なかったの？」

　さっきから怒涛の質問攻めにあっている。

　柚季ちゃんが呼び寄せたのは絵奈ちゃんで、今日は珍しく部活をサボってきたらしい。

「彼氏はごめん、いたことないよ」

　あたしの即答に、明らかにつまらないという顔をして、絵奈ちゃんは机に突っ伏した。

「なーんだぁ。彼氏がいてくれることを願っていたのに」

「え？」

「いや、こっちの話。ってか、遠距離とか考えられないもんね。やっぱり好きな人はそばにいてくれなくちゃ」

　その言葉になんとなく実感がこもっているのを感じて、あたしはふと聞いた。

「絵奈ちゃん、好きな人いるんだ？」

「え⁉　あー、うん。一応。いるよ、彼氏」

あたしの質問に、さっきまで陽気に話していた絵奈ちゃんが恥ずかしそうに顔を赤くして俯《うつむ》いた。

柚季ちゃんもくすくすと笑う。

「ようやくオッケーもらえたんだもんね。しつこい絵奈に折れたって感じよね、武人くんは」

「あ！　もう、ゆずはいじわるなんだからぁ。あたしの頑張りを褒めてよ」

「はいはい」

武人……

あたしは聞き覚えのある名前に、記憶を辿る。絶対にどっかで聞いたことのある名前だ。多分恭ちゃん絡み。いや、ダメだ思い出せない。

「あー、いたし。何サボってんだよ絵奈。サボるなら俺もまぜろ」

そこに男の子の声が割り込んできた。声は窓の方から聞こえる。ハッとよく見ると、絵奈ちゃんの後頭部の向こうにその姿が見えた。

「よっ」

彼は窓の桟《さん》に手をかけたかと思うと、軽々と飛び越えて家庭科室へと入り込む。

びっくりして目を瞠《みは》ると、絵奈ちゃんが振り向いて、彼に怒った声をあげた。

「あ！　武人、靴！　汚なっ！　どこ歩いてきたのよー‼」

「うるさっ、騒ぐんじゃねーよ。絵奈がどっか行くの見つけたから探し回ったらそこの水溜りにハマっただけだよ」

見れば靴も床も泥だらけになっている。

「武人くん、責任持って証拠隠滅していきなさい。先生に見つかって怒られるのはあたし達だからね」

「へいへい」

すぐに雑巾を差し出した柚季ちゃんから、武人と呼ばれた男の子は雑巾をだるそうに受け取り、素直に靴を脱いで床を拭き始めた。彼のことを、あたしはようやく思い出した。

恭ちゃんに学校案内をしてもらった日にいた、あの不良の子だ。

——無事に進級してたんだ。

「奏音ちゃん、これ、あたしの彼氏の加藤《かとう》武人」

「これって！　扱い雑じゃね？　彼女にしてやったからって調子に乗ってんじゃねーぞ」

「うっさい！」

絵奈ちゃんが勢いよく武人くんに罵声を浴びせる。

言い合いの激しいカップルだな。呆れつつ見ていると、武人くんと目が合った。

やっぱり柄は悪そうだけど、彼は人懐っこい笑みを浮かべて、ひらひらと手を振った。

「あ、知ってる。恭太の彼女でしょ？　よろしくーっ」

ニコニコした武人くんに、あたし含め三人の眉間に皺《しわ》が寄った。

「違うから！」

真っ先に反論したのは絵奈ちゃん。あたしはそれに頷く。

柚季ちゃんはまたいつもの表情に戻りつつ、深々と頷いた。

あたしたち三人の抵抗を受けて、武人くんは不思議そうな表情になる。

「あれ？　そうなの？　おかしいな」

「何よ、おかしいって」

「いや、あいつずっと好きだった子が帰ってくるって春休み中すげぇ浮かれてたか……んぐっ⁉」

——えっ⁉

最後まで言い切る前に、絵奈ちゃんが武人くんの口を両手で塞いだ。

「武人アウト‼　今すぐ退場！」

「は⁉　なんでだよ。押すなよ、危ねぇ！」

絵奈ちゃんが窓の外へ武人くんを押し出す。

その勢いに負けるように、渋々の様子で武人くんは去っていった。

ただ、今彼が言った言葉が消えたわけじゃない。あたしは説明を求めるように、二人を見た。

「何言ってんだろうねー、あいつ。忘れて」

絵奈ちゃんは苦笑いをして、武人くんの置いて行った雑巾を片付ける。明らかに誤魔化そうとしている様子だった。けれど柚季ちゃんが椅子に座り直して、真剣な表情でこちらを見る。

「いや、その事についてね、本当にちゃんとしといたほうがいいかなって思って、絵奈のこと呼んだの」

真面目な顔であたしと絵奈ちゃんに視線をくれる柚季ちゃんに促されるように、元の位置に座り直した。

「たぶん、今日の帰りに恭太くんから奏音ちゃんは告白されると思うんだ」

柚季ちゃんがあたしに詰め寄る。

改めて言葉にされて、言葉に詰まった。

恭ちゃんのことは、小さい頃から知っている。確かに彼は優しいし頼りになる。帰ってきたあたしのこともすぐに学校案内してくれたり、行き帰りに行動を共にしてくれたり、本当に優しかった。

柚季ちゃんには鈍感と言われたけれど、恭ちゃんの表情に、薄々は感じていた。恭ちゃんの優しさや、あたしへの接し方は、もしかしてって。

だから、今朝だって照れる恭ちゃんにあたしは、胸がキシキシと痛んだ。

それでも、あたしは言う。

「恭ちゃんがあたしのこと好きとか……ないよ」

あたしも、恭ちゃんのことは好きだけど、それは友達だからって意味だ。

だから、きっと恭ちゃんだってそうなはずで――

でも、柚季ちゃんはそれでは許してくれなかった。

「ううん。あたしは武人くんが言っていたことが本当だと思う。だから、奏音ちゃんの本心が聞きたい。奏音ちゃんは、恭太くんのことを、どう思っているの？」

まっすぐに向けられた柚季ちゃんの目。

不安そうに見守る絵奈ちゃんの目。

そうなってしまえば、あたしも真面目に答えることしかできなかった。

「恭ちゃんのことは、あたしは幼馴染としか思ってない。戻ってきたばっかりだし、あれから何年も経っているし、あたしは……友達としか……」

恭ちゃんに対しての恋心はない。

夢香ちゃんが恭ちゃんのことを好きだと知って言った、応援したいって言葉も本心だ。

恭ちゃんとはずっと、友達でいたい。

そう、思っている。

「……そっか、奏音ちゃんさ、好きな人はいる？」

「え……」

あたしが答えると、柚季ちゃんが優しく微笑んだ。

絵奈ちゃんも同じく笑顔で椅子に座った。

一瞬。浮かんだ顔はあったけど、すぐに目を閉じて遮った。

――好きな人なんて、出来なければいいって、あたしは思っている。

実際のところ、彼氏を作って、好きだなんだってそばにいたとして、だけど、いつかは別れる時が来てしまうんだ。そんな悲しいこと、あたしには耐えられない。

幸せそうに笑う母のことを見てきた。それなのに、大好きだった父と別れて、毎日泣いている母も見てきた。別れるなら、はじめから好きにならなきゃ良かったって、母は呟いていた。

だったら、浅く、広く。うわべだけでいい。

当たり障りのない表面だけをなぞって、相手の様子を窺《うかが》って、深く入り込まないように気を付けながら、生きていたい。

「あたしは、彼氏とか興味ないかな」

ため息混じりに笑ったあたしに、二人は目を丸くしていた。

「嘘でしょ！　あんなんだけど、一緒にいると楽しいよ？　人前では暴言吐くけど、あたしと二人きりの時は甘えてくるし、彼氏っていいよ？」

絵奈ちゃんが信じられないと言わんばかりに喋り出すから、あたしは苦笑いするしかない。

「奏音ちゃんが恭太くんに好意がないことは分かったけど……」

柚季ちゃんが考え込むように顎に手を置くのを見て、思わずため息をついた。

「奏音ちゃんは、奏音ちゃんのお家の事情があって戻ってきたんだもんね。きっと、あたしには分からない、とてつもなく厳しい現実と向き合っているんだよね、踏み込むつもりはないよ？　ただ、話は聞いてあげられるから、なんでも話してね」

柔らかく笑う柚季ちゃんは、なんだかあたしよりもずっと年上に思えてしまう。

だけど、あたしは誰にも話すつもりはなかった。

笑みだけ浮かべて、頷き返す。

それを見た絵奈ちゃんが、大袈裟に肩をすくめた。

「ゆずはほんと、そういう他人の身の上話が好きだよね。あたしは無理。今が大事！これからが大事！　過去なんてどうせ戻れないんだからさ、前向いてた方がいいじゃん」

落ち着いて見えるけど、どこかふわふわしている柚季ちゃんと、はっきりものを言うけど、ちゃんと周りの空気を読んでいる絵奈ちゃん。二人とも本当に全然違うタイプなのに、なんだかそうやって言い合っている雰囲気が気を許せている感じがしていて、羨ましい。

そんな気持ちで見ていたからだろう。絵奈ちゃんがあたしを見てから、そっと肩に手を置いてくれた。

「もうあたし達友達なんだから、気兼ねなく話しかけてね」

友達、と言う言葉に目を瞠《みは》る。

あたし、今、二人のことを見ていて、羨ましいって顔しちゃっていたのかな。気を使わせてしまったようで、申し訳ない。

でも、そんなことを言う前に、柚季ちゃんに時計をさされてしまった。

「ゆっくりで大丈夫だから。とりあえず、奏音ちゃんは帰りの心配をした方が良いかもね」

「……え」

部活の時間も終了。柚季ちゃんは荷物をまとめ出し、絵奈ちゃんは先に部室に戻らなきゃと行ってしまう。

窓の外を眺めていると、夢香ちゃんが走る姿が夕日に照らされていた。

整ったフォームで楽しそうに走る姿は、綺麗だ。恭ちゃんは、夢香ちゃんのおかげで立ち直れたって言っていた。

好きな人はそばにいた方が良い。絵奈ちゃんの言葉が頭の中に浮かんで、あたしはため息をつく。

スマホが震えて画面を見ると、恭ちゃんからのメッセージが届いていた。

『部活終わった？　昇降口で待ってる』

「奏音ちゃんまた明日ね」

「え、あ、うん。またね」

柚季ちゃんが家庭科室を出ていくと、あたしは息をゆっくり吸い込んでから吐き出し、ギュッと両手を握りしめて、昇降口へ向かった。

第五章　「追いかけた先に」

足が重たい。本当に、恭ちゃんはあたしに告白してくるのかな。

あたしは、なんて言ったら良いんだろう。考えれば考えるほど分からなくなる。もういっそ逃げ出したい。けど、昇降口を通らないと帰れないし。

悩みながら右往左往して、曲がり角から昇降口を覗くと、恭ちゃんが壁に寄りかかりながら一人でいるのを見つけた。思わず、ため息を吐き出してしまう。

「中村さん？」

後ろから呼ばれて振り向くと、芹羽くんが帰る格好で立っている。

「あ、芹羽くん」

「今帰り？　僕もだけど、良かったら一緒に……」

そう言いながら微笑む芹羽くんの視線が一瞬あたしから逸れた。同時に、何かに気がついた顔をしてから眉を下げた。

「えっと……ごめん、やっぱりまたね」

「え……」

困ったように笑って、芹羽くんが先に昇降口へと向かってしまう。

「お、芹羽。お疲れ、帰んの？」

それからすぐに恭ちゃんが話しかけている声が聞こえてきた。

「奏音ちゃん見なかった？　待ってんだけどさ、まだ終わんないのかな、部活」

話しかける恭ちゃんに対して、芹羽くんは無言のまま靴を履き替えて外へと向かう。

「じゃあな、芹羽」

元気な恭ちゃんに、芹羽くんは片手を上げただけで、すぐに行ってしまった。

「相変わらずクールだなぁ、芹羽は」

そんな芹羽くんを見送る恭ちゃんを見て、あたしは急いで走りだした。

彼の後ろまで辿り着いて、自分の靴を取り出す。

「ごめん、恭ちゃん……待たせちゃって」

「あ！　奏音ちゃんっ。ううん、全然待ってないよ！　待ってる間に色々考えてて、あっという間だったし」

「色々？」

「あ、えっと、うん。色々……ははっ」

照れたように笑いながら、恭ちゃんも靴を履き替えた。一緒に昇降口を出る。

いつもならいろんな話をしてくれて賑《にぎ》やかだけど、今日の恭ちゃんは校門を出て坂を下り始めるまで無言のままだった。

坂の少し前に、芹羽くんの後ろ姿を見つけた。思わず目で追うと、日差しで反射する髪がサラリと揺れて、今日もキラキラしている。

芹羽くんは家ではどんな感じなんだろう。兄弟はいるのかな？

母と働いている芹羽くんのお母さんは若いと言っていたけれど、どんな人なんだろう。

桜の花びらを捕り損ねた時に見た芹羽くんの笑顔を思い出すと、胸がギュッとなる。

坂を下り切ったら、芹羽くんはいつものように反対方向へと曲がる——と、思っていたのに、今日はあたしの帰り道と同じ方向へ曲がって行った。

姿が見えなくなってしまって、無性に行き先が気になった。

このまま歩いていけば、同じ方向だし芹羽くんがどこに向かうのか分かるかもしれない。

気持ちが焦って、足取りが速くなり——

「奏音ちゃんっ！」

名前を呼ばれて、あたしはピタリと足を止めた。

振り返ると、恭ちゃんが困った顔をしている。

「どうしたの？　芹羽になんか用事でもあった？」

「……え」

「さっきから俺の話、聞いてなかったでしょ？　なんか、あいつのこと追いかけてるような感じだったし」

そう言われて、焦った。恭ちゃんが話している声が聞こえていなかったから。

慌てるあたしを見て、恭ちゃんは少し悲しそうな顔になる。

「最近、芹羽とよく話してるよね、奏音ちゃん。席が隣だからだと思ってたけど」

「あ……うん。ごめん」

「せっかく一緒に帰れてるんだからさ、ちゃんと俺の話聞いてよ」

「……うん」

それでも、まっすぐな恭ちゃんの瞳から目を逸らして、チラリとまた空っぽになった道を見てしまう。恭ちゃんはそんなあたしを見て、苦しそうに笑う。

「……いつの間にそんな芹羽と仲良くなったの？」

「え……」

「あいつ全然喋んないじゃん。何考えてるかもわかんねぇし、俺なんか去年一年間無駄に話しかけて、ようやく一言、二言、話が出来るようになったんだよ。なのに、奏音ちゃんはあっさりそれクリアしてるよね？　あいつが教室で笑ってるとこなんて、今日、初めて見たし」

「え……」

目の前の恭ちゃんは眉を顰《しか》めてあたしを見ている。

芹羽くんは、あたしと話している時はよく笑顔を見せてくれる。ピアノを弾いてくれて、間違えたあたしに対して、涙が出るほど声を出して笑ってくれた。あの空間にいる芹羽くんは、確かに教室での芹羽くんとは別人みたいに感じる。

だけど、あたしにはどちらも同じ芹羽くんで……

どうして、芹羽くんってみんなとあまり話さないんだろう?

人見知りだって、明るい髪色をしているから周りは近づかないんだって、芹羽くん自身が言っていた。だけど、何か理由があってのことなのかもしれない。あの日、芹羽くんが泣いていたことと、何か関係があるのかもしれない。

『たぶん、今日の帰りに恭太くんから奏音ちゃんは告白されると思うんだ』

柚季ちゃんの言葉を思い出す。

本当に、そうなのかな。目の前の恭ちゃんの目は真剣で、でも優しい。

それでも、今のあたしは——

「恭ちゃん……ごめん、やっぱり一緒に帰れないや。先に行くね」

「え⁉ ちょっ、奏音ちゃん‼」

芹羽くんのことが、どうしても気になってしまう。

呼び止められるのも聞かずに、あたしは坂を走り下りた。

角を曲がってしばらく走るけど、芹羽くんの姿は見つからない。一気に走ったから、息が上がって体温が上昇して、汗が噴き出してくる。額に滲《にじ》んだ汗と一緒に、髪を耳にかけた。

一度立ち止まって、諦めて歩き出す。そこへ、見覚えのあるコートが見えた気がした。

道の奥、母の働いているスーパーに向かう角を目指してもう一度走る。

自分の体力の無さにうんざりする。ドクドクと脈打つ心臓を抑えて、あたしは前を向いた。

やっぱり、あの後ろ姿は芹羽くんだ。

スーパーの正面入り口から外れて、芹羽くんが裏の方へと歩いていく。その姿を見て、最後の力を振り絞った。上がる息を整えつつ、あたしもゆっくり裏へ向かって進む。

スーパーの搬入口は日陰になっていた。爽やかに吹く風が汗を冷やしてくれて、火《ほ》照《て》った体に心地いい。

「――要りませんって言いましたよね」

ふいに、聞こえてきたのは、はっきりとした口調の芹羽くんの声。

「いつも言ってますけど、余計なことしないでください。迷惑なんで」

そっと、物陰に身を潜めて、あたしは芹羽くんがスーパーのエプロンを身につけた女の人に、何かを突きつけているのを見つけた。

「明日も、これからも要りませんから」

そのまま何かを押し付けて渡すと、芹羽くんがまたこちらに向かって歩いてくるから、あたしは慌てて身を縮めた。けれど、足元に何かが引っかかった。よろめいて段ボールにもたれかかってしまい、ガタッと物音が響く。

「中村、さん？」

驚いたように目を見開く芹羽くんと、目が合った。

けれど、芹羽くんはそれ以上何も言わず、眉を顰《ひそ》めてあたしから目を背けた。

そのまま行ってしまう姿に、あたしは向こうで佇《たたず》む女の人に軽く会釈をしてから、芹羽くんを追いかけた。きっと、母よりはずっと若い。おばさんと言うよりはお姉さんと言ったほうがしっくりくるようなあの人は、母がこの前言っていた芹羽くんのお母さんなのだろうか。だとしたら、どうして芹羽くんはあんな剣幕で、他人に向けるような言葉遣いをしていたんだろう。

次から次へと疑問が湧き上がってきて、あたしは目の前で立ち止まっていた芹羽くんに気が付かずに突っ込んでしまった。

「どこまでついてくるの？」

冷たい視線で見下ろされて、肩が震えた。

ぶつかった事も、後をつけてきてしまった事も謝れずに、言葉に詰まる。俯《うつむ》いたあたしに、芹羽くんはため息を漏らしてから、何も言わずにまた歩いて行ってしまった。

もう、追いかけるわけにはいかない。追いかけたところで、あたしは何が聞きたかったんだろう。

勝手についていって、詮索するような真似をして――

聞いたって、あたしにはどうすることもできないだろうに。

だけど、なぜかそう思うと、胸の奥が押しつぶされるように苦しくなった。


夕飯は母が買ってきたスーパーの特大メンチカツ。今日は安売りの日だったようで、スーパーでたくさん用意してあったからと、家用にも買ってきたみたいだ。あまりにもたくさん買い過ぎてしまったようで、夕飯の準備をしている母は、恭ちゃんも呼ぼうと張り切り始めた。

「奏音、恭太くんに連絡して」と言われて、しばらくスマホを手に悩む。

一緒に帰ろうと言われていたのに、恭ちゃんを置いて芹羽くんを追いかけてしまったから、正直なところとても気まずい。明日の朝のことを考えていたのに、その前にもう顔を合わせることになるだなんて、ますます気まずい。

だけど、母はそんな娘の事情など露知らず、鼻歌混じりに夕飯の準備をしている。

連絡したくないとでも言えば、詳細を聞かれてしまうだろうから、それもできない。

迷いながら、メッセージを打ち込んだ。

『夕飯食べにきてってお母さんが』

それしか、思い浮かばなかったのだ。

そしてあたしのメッセージに対して返ってきたのは、オッケーの文字のみ。

これだけでは恭ちゃんの心境が全然分からない。でも、来る。それだけは、この返事で確実だ。

出来れば断ってほしかった……なんて、肩を落として落ち込むあたしのことなど、誰も気にしてくれない。

そうして、すっかりテーブルの上にご飯の準備が整った頃、「こんばんはー」というもの元気な恭ちゃんの声が響いた。

「奏音、恭太くん来たから出て」

炊飯器にヘラを入れて炊き立てのご飯をよそい始めた母に促されて、あたしは重たい腰を上げげた。軒下の電球の明かりは薄暗い。玄関を開けたあたしは恭ちゃんと目が合うと、すぐに逸らしてしまう。恭ちゃんはそれでも優しく笑った。

「……呼んでくれてありがと。おじゃまします」

あたしを通り越して中へ進んだ恭ちゃんは、いつものように居間でおばあちゃんと母に挨拶をすると、用意されていたテーブルのご飯に感激の声を上げた。

並んで座ったあたしにだって笑顔を向けてくれる。

帰りにあったことを気にしているのは、あたしだけなんだろうか。

柚季ちゃんの言っていたことを気にしすぎてるんだろうか。

「おかわりしてね、恭太くん」

「はいっ」

夢中になってご飯をかき込む恭ちゃんの姿に、あたしはため息をつきたくなった。

そんなあたしを見て、母が首を傾げる。

「あら、奏音は全然減ってないじゃない。お腹空いてない？」

「あ、ううん。食べるよ」

止まってしまっていた箸を動かして、あたしは母になんでもない顔で笑ってみせる。

恭ちゃんが学校でのことや部活のことを楽しそうに話すと、おばあちゃんも母も身を乗り出す勢いで楽しんで聞いている。恭ちゃんがこの空間にいることに、全然違和感がない。

「恭太くんは部活忙しそうね」

「あー、そうっすね。大会もあるし。気合い入れてるとこです」

恭ちゃんの食べっぷりに母が笑顔を向けた。

「今度は泊まりにおいでね」

「え⁉　いや、それは……」

玄関を出て見送る際に、母が本気なのか冗談なのか、そんなことを言い出すから、あたしも恭ちゃんも驚いてしまう。頬を赤くした恭ちゃんは「ご馳走様でした」と頭を下げて帰っていった。

家の中がしん、と静かになる。これからお皿を洗って寝てしまおう、と思った時だった。

「あ！　奏音、恭太くんたら、スマホ忘れてったみたい」

恭ちゃんが座っていた辺りのテーブルの下から、母がスマホを拾い上げてこちらに見せた。

「奏音、届けてあげて」

「えっ……」

「ないと困るでしょ？　もしかしたら忘れたこと気が付いて取りにくるかもしれないし」

「……分かった」

渋々、あたしは母から恭ちゃんのスマホを受け取って外へと出た。

四月の終わりとはいえ、夜はまだ肌寒い。

見上げた空には、無数の星が輝いていた。

「わぁ……綺麗」

吸い込まれそうなくらいどこまでも広い空だけど、星が近く感じた。

月明かりが街灯のない道を照らしている。

こっちに引っ越してきてから、夜に外へ出るのは初めてだ。恭ちゃんの家に行きづらいこともあり、立ち止まって月を眺めていると、足音が近づいてきた。

「奏音ちゃん？」

声の方へと顔を向けると、恭ちゃんが立っていた。

視線があたしの手元へと流れて、安心したように近づいてくる。

「良かった、やっぱり奏音ちゃんが持ってきてくれた」

「……え？」

「ちょっと賭けたんだよね、スマホ忘れてったら、奏音ちゃんが届けに来てくれるかなって」

ニシシと歯を見せて笑う恭ちゃんに、あたしは驚く。

「わざと忘れたってこと?」

「そう」

「え……なんで……」

「奏音ちゃんと二人で話したかったから」

暗くても、月明かりが周りの景色を照らし出している。そのせいで、ほんのり赤く染まった恭ちゃんの顔が見えてしまった。

なんとなく、それ以上話を聞くのが怖くて、あたしは急いでスマホを差し出す。

「……これ」

でも、遅かった。

「俺さ、奏音ちゃんのこと好きだ」

恭ちゃんの声が響く。

さわさわと木々を揺らす穏やかな風の音。静かな夜。風に乗って、どこまでも流れていきそうなまっすぐな声で恭ちゃんが言った。その言葉に、どうしようもない気持ちが込み上げる。

「奏音ちゃん、好きな人いる?」

また、その質問だ。あたしはすぐに、無言のまま首を横に振る。

すると、恭ちゃんの目にぐっと力が入るのが分かった。

「じゃあさ、俺のこと好きになってほしい」

ついに言われたその言葉に、息を呑む。恭ちゃんは、真剣な顔で続けた。

「俺、もっと奏音ちゃんに頼ってほしいって思ってるし、ずっと一緒にいたいって思ってる。小学校の時に離れてから、ずっと奏音ちゃんのこと忘れられなかった。再会して、やっぱり奏音ちゃんのことが可愛いって思ったし――俺と付き合ってほしい」

力強い言葉が胸に響く。あたしは答えることもできないまま、スマホを差し出した姿勢で固まっている。そんなあたしからそっとスマホを受け取ると、恭ちゃんは急に
「あ――っ!!」っと叫んでしゃがみ込んだ。

「え……だ、大丈夫!?」

あたしもしゃがんで恭ちゃんを覗き込むと、困ったような笑顔を向けられた。

「めちゃくちゃ恥ずかしい。でもさ、本気だから。返事はゆっくりで良いから、俺は待ってるから。で、もう遠慮もしないし」

遠慮?

思わぬ言葉に目を瞬《しばた》かせると、恭ちゃんは立ちあがってにかっと微笑んだ。

「明日の朝から。また学校一緒に行こう」

「……え?」

そう言いきられて返事に困る。すると恭ちゃんは頭を掻きながら首を傾げた。

「困らせたいわけじゃない。でも、俺に望みはないわけじゃないでしょ？」

「……あたし……好きとか付き合うとか、よく分かんないし、好きな人は要らないって思ってて」

「え、そうなの？」

「……うん」

「なんだ」

……なんだ？

「俺、てっきり他に好きなやつがいるんだと思ってた。だったらさ、俺にもまだチャンスあるよね？　奏音ちゃんのこと好きな気持ちは誰にも負けないから。だから、今はこの関係でも良い。俺のことも少しずつで良いから、好きになってほしいんだ」

まっすぐに、真剣な目は揺るがなくて。あたしはやっぱり胸の奥の方がズキズキと音を立てて痛む気がして、ゆっくり立ち上がった。

「じゃあ、また明日ね。おやすみ、奏音ちゃん」

満面の笑みで去っていく恭ちゃんを見送る。

見上げた空に、風で押し流れてきた暗雲が月に半分かかり始めた。

揺れる草木の音と一緒に、あたしの不安が募り始める。恭ちゃんのまっすぐな気持ちは嬉しいけれど、あたしにはどうしたら良いのか分からない。

好きな人がいないんじゃなくて、作りたくない。作るのが怖いんだということも、伝えられなかった。

それに、芹羽くんは……

色んなことが曖昧なままでは、やっぱり良くない。けれど、どうすればいいか分からなくて、暗い道をとりあえず、進み始めた。


次の日、朝ごはんを食べていたあたしは「おはようございまーす」と元気よく現れた恭ちゃんに味噌汁を飲み干すと、ため息を吐き出した。

「奏音ちゃん、どうした？　元気がないねぇ」

だけど、おばあちゃんが心配そうに眉を下げてあたしのことを見つめるから、慌てて笑顔をつくる。

「学校に慣れてきて、ちょっと疲れが出てきたのかな！　大丈夫だよ、おばあちゃん。心配してくれてありがとう。行ってきます」

「気を付けて歩くんだよ」

「はーい」

食べ終わった食器を重ねて手に持ち、台所へ向かう。おばあちゃんに明るく返事をすると、あたしは部屋に戻って荷物を持ってから、外へ出た。

外には少し照れくさそうな様子の恭ちゃんが待っていた。

「おはよう、奏音ちゃん。今日も可愛い」

「え……」

「あ、つい本音が。行こっか」

やばっと、苦笑いする恭ちゃんにあたしまで苦笑いするしかない。

──遠慮しない、ってこういうこと？

その言葉に、ドキドキしないわけじゃない。でも……

先を歩く恭ちゃんの背中を見つめて、両手をギュッと握った。

「あの、恭ちゃん」

「ん？」

振り返った恭ちゃんの顔が見れずに、俯《うつむ》いたままあたしは勇気を振り絞る。

「……ごめん……」

「え？」

「あの、ごめん。あたし、恭ちゃんの気持ちには応えられない。恭ちゃんのことは友達としてすごく好きで、優しくて頼りになるし、だけど、それ以上には考えられない」

道の端、たんぽぽの綿毛が風で揺れている。

まだタネをつけたばかりの綿毛は、ちょっとの風ではまだ飛んで行かない。

「……あれ？　俺今、もしかしてフラれてる？」

困ったように笑う恭ちゃんに、あたしは頷いた。

「……マジか……あー……そっか……」

明らかに影を落とす恭ちゃんは、踵《きびす》を返すとゆっくり歩き出した。

あたしはその後ろをゆっくり歩く。

「……こうやってさ、一緒に登下校とかも、もしかして迷惑？」

顔だけこちらを向いて、歩みを止めずに恭ちゃんが眉を下げて聞いてくる。

それは、迷惑なんかじゃない。誓って言える。

他愛ないことだけど、昔を知っている恭ちゃんと話をしながら歩く道のりは楽しいし、思い出が蘇ってきて懐かしさにジンとする。

そのことに勘違いはしてほしくなくて、あたしは大きく首を横に振った。

「あたしはね、特別に好きな人を作る気はないんだ。だから、恭ちゃんのことだって友達としては大好き。……だから、このままの関係じゃ、ダメかな？」

「……うん、ダメ」

優しく微笑みながら、だけど即答されて、あたしは顔を上げた。

恭ちゃんはいつの間にか足を止めて、こちらを見ていた。

「俺は、奏音ちゃんの特別になりたいと思っているから。みんなと同じじゃダメなんだ。……でも、奏音ちゃんのことは困らせたくないし、とりあえず、フラれとく。だけど、諦めないから」

そう言ってニカッといつものように歯を見せて笑った恭ちゃんは、また前を向いて歩き出した。

あたしは、そんな恭ちゃんに力なく笑うことしかできなかった。

「おう、夢香、おはよう」

学校の坂の下、いつも通りの木陰で夢香ちゃんが恭ちゃんのことを待っていた。

走り寄る恭ちゃんと一緒に、あたしもゆっくりと二人に近づく。チラリと夢香ちゃんと目が合ったけれど、すぐに逸らされた。あたしからおはようを言うタイミングさえなく、夢香ちゃんは恭ちゃんに話しかけ始める。

「ねぇ、恭太、今日の帰りさ、暇?」

「えー、うーん……」

「何よ、めっちゃ悩むふりしすぎ」

うん……やっぱり、気まずい。

チラッとあたしに視線を向けた恭ちゃんから、すぐに目を背けた。

恭ちゃんと一緒に帰らなくてもあたしは困らないから、夢香ちゃんの誘いに乗ってあげてほしい。

でも、なおも言い募る夢香ちゃんに、恭ちゃんは困った顔で聞いた。

「何？　なんかあんの？」

「いや……別にないけど。ってか、別に何もなくたって前は一緒に帰ってたじゃんっ！」

「あー、だって……ねぇ」

怒り始めてしまう夢香ちゃんから、恭ちゃんがまたもやあたしへと視線を向けてきた。

いや、「ねぇ」って何⁉

あたしに同意を求めないでほしい。しかも、明らかに助けを求めるように。

「……え、ちょっと待って？」

恭ちゃんを見つめる夢香ちゃんの表情が曇っていく。

眉を顰めて、今にも泣き出しそうなくらいに夢香ちゃんの瞳が歪んでいく。

――だから、嫌だったのに……。

「おう、恭太ー！　なんで今日おっせーんだよ！　早く朝練合流しろって、大会すぐだからなー！」

坂の上、恭ちゃんを呼んでいるのは野球部の男の子たち。あたしのことを迎えに来たから朝練に行けなかった恭ちゃんを見つけて、みんなが呼んでいる。ラッキーと言わんばかりに恭ちゃんは「じゃあ俺行くわ」と片手を上げて行ってしまった。

残されたのは、そんな恭ちゃんの後ろ姿を見つめたまま立ち尽くす夢香ちゃんと、あたし。

降りた右手が、拳を作って僅かに震えている。

どうしたらいいのか分からないまま、あたしは夢香ちゃんの方を向いた。

「……あ、の」

「絵奈とか柚季になんか聞いてる？」

「え……」

「なんで……」

前を向いたままの夢香ちゃんの表情が見えなくて。だけど、声が震えている気がして、不安になる。

「……なんで戻ってきたのよ」

振り向いた夢香ちゃんの瞳には、今にもこぼれ落ちそうなくらいに涙の膜がゆらゆらと揺れていた。顰《ひそ》めた眉に力が入る。それからグッと目元を手の甲で拭って、夢香ちゃんはあたしに視線を合わせることなく前を向くと、坂道を行ってしまった。

一瞬、息ができなくなるほどの痛みが過《よぎ》って、胸元を押さえた。

教室に入って自分の席に座ると、すぐに恭ちゃんが近づいてくる。

「さっきはごめん、奏音ちゃん。あいつと話出来た？」

恭ちゃんに悪気がないのは分かってる。でも、今は笑顔が上手く作れなかった。

恭ちゃんは、夢香ちゃんの気持ちに気がついていないのかな。きっと、夢香ちゃんは恭ちゃんがあたしのことを想っていることに、気が付いている。

あたしは恭ちゃんの気持ちには応えられないし、だけど、だからって、夢香ちゃんのことを好きになってとも言えない。それを決めるのは恭ちゃんだし、あたしがどうこうできる事じゃない。

『なんで戻ってきたのよ』

夢香ちゃんの言葉が頭に過《よぎ》る。

あたしが戻ってこなかったら、もしかしたら、恭ちゃんは夢香ちゃんとずっと一緒にいれたのかな。

そんなこと考えたって、それは誰にも分からないことだ。

だから、そうやってどうなるかも分からない未来に不安になるなら、あたしは誰かの特別になんてならなくていい。なりたくない。

あたしは首を振るだけで答えた。恭ちゃんは先生が入ってくると、自分の席に戻って行った。


放課後、家庭科室に向かう準備をしていたあたしは、ふと隣の席に視線を向けた。

芹羽くんは休みだった。昨日のことがあるから、こちらも気まずかったし、あたしはホッとして、少ししてから教室を出た。

家庭科室のいつもの席につくと、広いテーブルの上に、何かが置かれていた。

近づいて見てみると、マスコットを作るキットが数種類。見覚えがあるのは柚季ちゃんのリュックについていたうさぎのマスコットキット。そして——

「……これ！」

あたしの目に飛び込んできたのは、『桜の君』の猫、でんぶちゃんのマスコットだった。

数量限定の文字まで書いてあって、目を瞬《しばたた》く。

すると、そこへちょうど柚季ちゃんがやってきた。

「あ、奏音ちゃん来てたんだね。その中から一つ選んで作ってみない？」

「これ！　あたし、これが良い！」

しっかりと手に取って、あたしはでんぶちゃんマスコットのキットを柚季ちゃんへ見せた。

その勢いに少しだけ目を見開き、柚季ちゃんがいつもの笑顔を浮かべる。

「あ、奏音ちゃんも観たの？　『桜の君』。切ないし面白いよね」

「うん、うん！　柚季ちゃんも好きなの？」

「うん、あたしは流行りにはとりあえず乗ってみるタチだから。それにする？」

何度も頷くあたしにふにゃりと笑うと、柚季ちゃんは他のキットを片付けて裁縫バッグを開けた。

「それね、二個セットだから上手く作れたら、もう一個は誰かにあげれるよ」

「そうなんだ！　柚季ちゃんは誰かにあげたの？」

そう聞いたのは、柚季ちゃんのリュックには白いウサギが一匹だけあったから。

もう一つは誰にあげたのか単純に気になった。

すると、柚季ちゃんはなんでもないように、またふにゃりと笑う。

「笹山《ささやま》先生」

「え、先生？　あ、手芸部の顧問の？」

「そうだよ。上手く出来たからあげた」

「そーなんだ」

相変わらず気持ちの読めない笑顔。そして、笹山先生は確か、夢香ちゃんのクラス、二年B組の担任で穏やかで少しふっくらしている人だ。男の人なのに、お母さんみたいな安心感がある。

ほとんど柚季ちゃんに任せっきりで、部活中は顔を見せることがないけど、手芸部の顧問にはぴったりだ。

頷いていると、柚季ちゃんがあたしの手の中にあるキットに視線を落とした。

「もう誰にあげるか、頭の中に浮かんでいる？」

顔を覗き込んで聞いてくる柚季ちゃんに、あたしは一瞬、芹羽くんの笑顔を思い出した。

だけど、すぐに昨日の冷たい瞳も思い出して、小さく首を横に振った。

「ううん。出来てから、考える」

「そっか、じゃあとりあえず中身の確認からだね」

それからしばらく黙々と作業をした。

といっても、柚季ちゃんは恭ちゃんからの告白があったのかどうかが気になっていたようで、フェルトに線を描くあたしに、何度もどうだったのか聞いてきた。

実際、告白はされた。だけど、あたしはそれを断った。

だから、今まで通り何も変わらない。だったら、あの告白はなかったことになる。

そう思って、あまり多くは語らずに首を横に振るだけにした。

柚季ちゃんもそれ以上は聞かず、作業が終わると帰っていった。

あたしもなんとかパーツを切り終えて、針も糸も使わないまま今日の部活を終えた。

みんなも帰ってしまって、もう家庭科室にはあたししかいない。

そうして帰ろうとしていたあたしを、誰かが呼んだ。

「奏音ちゃん！　今着替えてくるからさ、ちょっとそこで待っててくれない？」

窓の外から、ジャージ姿でラケットを抱えた絵奈ちゃんが手を前へと突き出している。

「ちょっと話したいことあるから！」

そう言いながら、絵奈ちゃんの姿が見えなくなる。なんだかとても急いでいる。

とりあえず、あたしは戻した椅子を引いて、また座り直した。

――絵奈ちゃん、どうしたんだろう？

ぼぅっとスマホを眺めていると、カタンっと物音がして振り返った。

入り口に芹羽くんの姿を見つけて驚く。

「……部長って、帰った？」

「え……」

あれ？　芹羽くんがいる。今日はお休みだったはずなのに。そして、手芸部部長は柚季ちゃんだ。どうして、芹羽くんが柚季ちゃんを探しているの？

「うん、ついさっき……」

「そっか、ありがとう」

表情を変えないまま、芹羽くんは去って行ってしまった。

笑いかけてくれないのは、昨日のことがあるからかもしれない。

そう思うと、ぎゅっと胸が苦しくなる。誰もいなくなった室内。テーブルに置きっぱなしにしていたスマホが震えて、メッセージが届いた。

『終わった？　帰り、待ってても良い？』

恭ちゃんからだ。

スマホを操作して、メッセージを送る。

『友達と話して行くから遅くなるかも。先に帰ってて良いよ』

すると即座に既読がつき、返信が来る。

『待ってる』

「……いやいや」

『いいから、帰って』

また既読はすぐに付いたけど、返信が来ない。少し言い方が冷たかったかな。後悔しても、送ってしまったメッセージは取り消せない。あたしは更新されない会話画面をじっと見つめていた。

「お待たせ、奏音ちゃん！　ん？　どしたの？　難しい顔して」

そこへ、絵奈ちゃんが入ってきた。スマホと睨めっこをしていたあたしを覗き込むと、高い位置でポニーテールにしている彼女の髪が揺れる。

揃った前髪を見ると、活動後にきちんと整えてきたんだろう。

お洒落だな……と見つめていると、絵奈ちゃんは目の前の椅子に腰かけ、ずいっと顔をこちらに寄せた。

「でね」

あたしも彼女と目を合わせる。絵奈ちゃんはすっかり真剣な表情になっていた。

「恭太くんとどうなったの？」

「……え」

単刀直入とは、この事だろうか。一切の前置きなしでまっすぐに見つめられて、目が逸らせない。

別に尋問されているわけじゃないのに、冷や汗が出そうだ。

「昨日とか、今朝とか、告白されたの？　付き合うことになったの？」

いや、やっぱり尋問だ。

「奏音ちゃんは恭太くんのことはなんとも思ってないんだよね？　だったら、ちゃんとフった？」

さらにズイっと詰め寄られて、言葉に詰まる。

すると、慌てたように絵奈ちゃんが身体を引いた。

「……ごめん、質問責めにしちゃって。今朝、夢香が泣いててさ」

「あ……」

「理由聞いたら、恭太くんと奏音ちゃんがきっと付き合うことになったんだって。奏音ちゃんに酷いこと言っちゃったって。自分が最低だって、泣いてた」

今朝の夢香ちゃんのことを思い出すと、あたしも胸が痛い。

『なんで戻ってきたのよ』

その声の悲痛さは、まだ鼓膜にしっかりと残っている。あたしは絵奈ちゃんに向かって言った。

「あたしは、出来ることなら夢香ちゃんのことを応援したい。この前も言ったけど、本当にそう思ってるんだよ。恭ちゃんのことは頼りにしてるし、一緒にいてくれるのは嬉しいけど、好きとかそういうんじゃないし」

一度口にすれば、言葉は思ったよりも勢いよく出てきた。

募っていた胸の痛みがじわじわと湧き上がってくる。

「……夢香ちゃんが勘違いしてるなら、ちゃんと誤解を解きたい。あたしは……恭ちゃんの気持ちには応えられなかったって……本当は、今朝夢香ちゃんと……話したかったんだけど、言えなくて……っ……」

喉に、目元に熱が上がってくる。気がつくと涙が溢れ出そうになるのを必死にこらえる。

膝の上、握りしめた手の甲。涙が落ちることだけはなんとか阻止したかった。

昨日もたくさん、たくさん考えた。だけど、結局なんの答えも出なくて、あたしには、どうすることも出来ないと思って――

「……奏音ちゃん……ごめん。責めるようなこと言っちゃって……ごめん」

そんなあたしを見て、絵奈ちゃんが立ち上がってあたしの隣に座った。それから、涙の止まらなくなったあたしの背中に優しく手を添えてくれる。

その温かさにホッとした時だ。

「夢香に会ってもらえない？」

「……えっ」

思わぬ言葉に顔を上げた。

夢香ちゃんと、会う……

あたしの中で、夢香ちゃんはもう完全に苦手な子になりつつある。今更会って話をしたって、ますます嫌われてしまうんじゃないかと、本当に不安しかない。

　でも、絵奈ちゃんはあたしの手をギュッと握った。

「自分勝手でごめん。一回だけ、夢香とちゃんと話してみてほしい。あたし、奏音ちゃんが嫌な子じゃないって知ってるし、夢香もきっとそれに気が付いてるから」

　絵奈ちゃんは優しく、あたしを励ますようにニッと笑う。

「大丈夫。夢香って、まぁ、目つきは怖い時あるし、はっきりキッパリした物言い過ぎてこっちが辛い時もあるよ。でも基本、自分に正直で素直な子だから。心はめちゃくちゃ乙女な、見た目と中身のギャップが過ぎる、ボーイッシュガールなんで」

　あはは、とおかしそうに笑う絵奈ちゃんに悪気はなさそうだ。

　だけど、絵奈ちゃんはきっと夢香ちゃんの味方だ。あたしはそんな二人を前にして、ちゃんと話ができるのかな。また、夢香ちゃんのあの鋭い目線に怯えてしまって、何も言えなくなってしまうんじゃないか。

　そう思っていたら、絵奈ちゃんがさらに続けた。

「もしさ、奏音ちゃんが嫌じゃなければ、この前みんなで会ったとこ、同じ席で待ってるって」

「……え、絵奈ちゃんは……？」

「え！　あたし？　これから武人に勉強教えに行くんだよー。マジめんどい。あいつバカだからさー、あたしが教えないと一緒に卒業出来るかも危うい」

盛大なため息を吐き出し文句を言いつつも、絵奈ちゃんの顔は少し嬉しそうに笑っている気がする。

——そっか、絵奈ちゃんは来ないんだ。そしたら、夢香ちゃんと二人。

それはそれで……不安な気もするけど。でも、話した方がいいんだろうな、という予感がした。

勘違いされっぱなしなのも、夢香ちゃんとずっと仲が悪くなるのも、嫌だ。

「ありがとう、行ってみるね」

思い切ってそう言うと、絵奈ちゃんは、さらにその笑顔を眩しいものに変えた。

「うんうん！　大丈夫、夢香良い子だから。で、奏音ちゃんも良い子！　よって、二人は友達になれるでしょう〜ってことで〜、また明日ねんっ、バーイバーイっ」

幼児番組のお姉さんか？　と思うほどのテンションの高さで去っていった絵奈ちゃんを見送り、あたしは目元を拭うと小さく息を吐き出した。

そして、「よしっ」と気合を入れるようにつぶやいてから、家庭科室を出た。

車が出入りする入り口の左右を確認してから渡り、ショッピングセンターの入り口を目指す。

二階へ上がるエスカレーターを目の前に、あたしは一度深呼吸をした。

「よしっ」

二回、息を吐き出してから、また気合いを入れてエスカレーターに足を乗せる。

見えてくるフードコート。角の席はここからはまだ見えない。

ゆっくり進みながら、夢香ちゃんがいるはずの席へと視線を向けた。

そこには、確かに一人でスマホを見ながら座っている夢香ちゃんがいた。思わず足が止まってしまう。

だけど、ここまで来て、引き返すわけにはいかない。あたしは心を決めて、夢香ちゃんの前へと向かった。

「……夢香ちゃん」

あたしの呼び声に、夢香ちゃんが顔を上げる。一瞬合った瞳は、戸惑うように揺れてから逸れた。

「来てくれたんだ……ありがと」

「あ……うん」

「そこ。座ったら？」

「う、うん」

促されて夢香ちゃんの前の席に座り、リュックを隣の椅子に置いた。

夢香ちゃんに目を向ける。

すると、夢香ちゃんは少し俯《うつむ》いたまま言った。

「……あのさ、今朝のことだけど、ごめんね。その……なんで戻ってきたんだ、なんて……そんなの、親の都合だろうし、中村さんが自分で決めて戻ってきたわけでもないのに」

そう言い切ると、ため息を吐き出して、夢香ちゃんはテーブルの上のジュースを手に取った。ストローに吸い付く姿と、「中村さん」と呼ばれたことに少し壁を感じて、あたしも俯《うつむ》いてしまう。

だけど、謝ってくれた。

夢香ちゃんの言葉にどう返すのが正解なのか分からずに、黙り込んでしまう。

そんなあたしに、夢香ちゃんが項垂《うなだ》れた。

「……ほんと、ごめん。あたしが恭太に相手にされていないだけなのに、酷いこと言って八つ当たりしちゃって。羨ましかっただけなの……あんなに浮かれてる恭太、初めて見たし……」

羨ましかった、という言葉に顔を上げる。

夢香ちゃんの目が少し腫れているような気がするのは、きっと気のせいじゃない。今日は家庭科室の窓の外で走る姿が見当たらなかった。もしかしたら、部活を休んだのかもしれない。

「恭太さ、あんな陽キャだけど、小学校の頃はびっくりするくらい暗いやつだったんだよ」

「……え」

知らない恭ちゃんの話を突然されて、あたしは目を見開いた。

夢香ちゃんはくしゃくしゃの笑顔で言う。

「あたし、小三になって初めて恭太と同じクラスになってさ、暗いやつがいるなーって思ったの。それまでは話したこともなかったんだけどね」

夢香ちゃんが話してくれたのは、あたしが転校して行った後のことだ。

「だけどさ、中学に上がってから、ずっと続けていた野球のおかげで周りが明るいやつばっかだったからかな、その影響で今みたいなノリのやつになってさ、あたしもだんだんその頃からよく話しかけるようになってて。気が付けばいつも隣でバカやっていて、毎日楽しくて」

楽しかった過去を思いだすように、夢香ちゃんは頬杖をついて話す。だけど、そこまで話して、また少し寂しそうに目を伏せた。

「それで高校上がる時に告白しようって、決めてたんだけど……意外と小心者なんだ、あたし。恭太を前にすると素直になれなくて……そんなこんなで、あっという間に一年。春休みに恭太から、好きな子が帰ってくるって話を聞いて。結局、あたしは気持ちを伝えられないまま」

ジュースのカップを包み込む両手。泣きそうに揺れる瞳は、ストローを見つめて、ジッと耐えているように見えた。

その言葉に、恭ちゃんの言葉を思い出した。

『夢香はめちゃくちゃ良いやつだよ。俺の一番の親友だって、昨日確信した』

だから、思わず言ってしまった。

「夢香ちゃんは……一番の親友だって、恭ちゃん嬉しそうに言ってたよ……それじゃあダメなの？」

好きだって想いは、必ず伝えなくちゃいけないの？　相手がそれを望んでいなくても、好きだって、伝えたいものなのかな？

あたしには、それが良く、分からない。

でも、あたしの言葉を聞いて、夢香ちゃんの顔はさらにぐしゃぐしゃに歪んだ。

「……それって、絶望的じゃない？　恋愛対象として見られてないってことだよね。マジか……なんか、ショックだな」

しまった。落ち込んでいく夢香ちゃんに慌ててしまうけれど、何か言ったらさらに墓穴を掘ってしまいそうで、言葉が出ない。

慌てているあたしを横目に、夢香ちゃんが組んだ両手に額を置いた。

「友達ポジションも、確かに居心地が良いんだ。でもさ、恭太が好きなのは中村さんで、あたしがいくら近づいたとしても、距離は縮まらないんだよね。あたしは、恭太の特別には、なれないんだなって、感じて……」

夢香ちゃんは、またため息をついた。

『特別』という言葉に、恭ちゃんの言っていた言葉がまた過《よぎ》る。

二人は、『特別』になりたいって思って行動している。それはとてもすごいことのように、今のあたしには思えた。誰かのことをまっすぐに想い続けて、『特別』になりたいと思うことは、あたしには出来ないことだから。

夢香ちゃんは、全然怖い子じゃない。絵奈ちゃんの言うように、本当に素直で自分の気持ちに正直な子だ。

だから、出来ることなら。

「……あの……夢香ちゃん……」

あたしが恐る恐る呼びかけると、夢香ちゃんがゆっくり顔を上げた。

今度こそ、あたしたちの目が合った。

「あたしと……友達に、なってくれない、かな」

視線を逸らさずに告げると、まんまるくなった二重《ふたえ》の瞳が何度も瞬きをする。

もしかしたらまた、「無理」と睨まれて終わりかもしれない。

だけど、このまま夢香ちゃんに嫌われたままは嫌だ。きっと嫌われている。分かってる。それを知っていて、言うんだ。

さっきから心臓が尋常じゃないくらいに早く動いているし、胸の奥の方がズキズキと痛む。

ほんの数秒もない間が、何時間にも感じたその時、夢香ちゃんが柔らかく笑った。

「うん、なろうよ、友達」

笑った顔は、初めて見た時と同じ。とても人懐こくて、可愛らしい。

満開の桜がよく似合うあの時見た、柔らかい笑顔と同じだった。

その笑顔を見て、目の前がぶわっと揺れそうになる。

「え⁉　ちょっと、なんで泣きそうなの？」

「……だって……あたし、夢香ちゃんには……嫌われてるんだと思っていたから……」

声が崩れそうになるのを押しとどめて言う。慌てて夢香ちゃんはポケットからハンカチを差し出してくれた。涙はグッと我慢できたけど、綺麗に畳まれたハンカチを震える手で受け取る。

するど、夢香ちゃんもなんだか泣きそうな顔をしていた。

「それは、あたしの方でしょ」

「……え？」

「嫌なことしてきたの、全部あたしじゃん。嫌われてるって、あたしの方が思ってたよ。あたしのは全部嫉妬！　妬《ねた》み！　めっちゃカッコ悪いやつ！　嫌われるのはあたしの方だよ。それなのにさ……いいの？　こんなのが友達でも」

困った表情をする夢香ちゃん、それでもあたしは、夢香ちゃんの手をぎゅっと握った。

「そんな夢香ちゃんと、友達になりたいの」

まっすぐで、素直で。ちゃんと謝れる夢香ちゃんだから、あたしは友達になりたいと思ったの。

それから、あたしたちは、二人でたくさん話をした。

お互いの小中学校のこと、部活のこと、恭ちゃんのこと、絵奈ちゃんや柚季ちゃんのこと。夢香ちゃんとこんなにたくさん話ができるなんて、信じられなかった。

話の途中で、ポケットの中でスマホが震えた。

「あ……」

「何？　もしかして恭太？」

画面に視線を落として固まったあたしに、夢香ちゃんが当たり前のように聞く。

『奏音ちゃんまだ部活おわんないの？』

「恭ちゃん、あたしのことまだ学校で待ってるっぽい……」

　送られてきたメッセージを夢香ちゃんに見せると、夢香ちゃんは大きく目を見開いた。そうかと思えば大笑いしはじめる。

「ばっかじゃんっ、あいつ！　もうとっくに居ないし、あたしが奏音ちゃん独占してるし。よし、あたし恭太に電話してみる！」

「え！」

「いーから、いーから、任せて」

　悪いことを考えていそうな笑みを浮かべながら、夢香ちゃんは自分のスマホを操作して耳に当てた。

「あ！　恭太？　奏音ちゃんはあたしとデート中なんで。邪魔しないでね、あ！　明日さ、朝三人で行こう！　いつもんとこで待ってるから。じゃーねー」

　すごい。有無を言わさずに言いたいことだけ言って通話を終了。

　笑いを堪《こら》えながら夢香ちゃんはスマホをテーブルに置いた。

「めっちゃ慌ててたよ恭太。おっかしーっ、明日また会うのが楽しみだね」

　同時に、ブッとあたしのスマホが震える。

『は？　夢香とデートって、何？　どういう状況？』

　夢香ちゃんの〝恭ちゃんが慌てている〟の言葉の意味が、送られてきた文字から目に見えてくる。

あたしもちょっと楽しくなってしまって、夢香ちゃんを見上げた。

「ねぇ、夢香ちゃん、証拠写真撮って恭ちゃんに送ってもいい？」

「あ！　それ良い！　撮ろう撮ろうっ」

ノリノリでとびっきりの笑顔をするあたしと夢香ちゃんのツーショットを、さっそく恭ちゃんへと送ると、既読はついたものの、なかなか返信が来ない。

「あー、ショックなのかな？　絶対頭混乱してるな、恭太のやつ。まぁ、いっか、また明日会った時に話せば」

「たしかに」

こんなに夢香ちゃんと意気投合するなんて思わなかった。

夢香ちゃんのことを怖いなんて思っていたあたしは、どこへ行ってしまったのか。すっかりあたしのことも「奏音ちゃん」と名前で呼んでくれて、連絡先も交換した。

帰る頃になって外へ出ると、とっぷりと日が暮れていた。

次の日の朝、いつものように恭ちゃんが迎えに来てくれた。

何か言いたげな様子を無視して、軽い足取りで坂の下まで向かう。

いつもの木の下に、これまたいつものように夢香ちゃんが待っている。いつもと違う事といえば、あたしも夢香ちゃんも「おはよう」と恭ちゃんを差し置いて、お互いに声をかけて笑顔で話し始めたことだ。

恭ちゃんの顔に浮かぶ怪訝さに磨きがかかっていくのを見て、あたしたちは顔を見合わせて笑った。

「ってかさ、なんでいきなり仲良くなってんの？」

夢香ちゃんと別れて教室に入ると、恭ちゃんはそのまま荷物も下ろさずにあたしの前の席を陣取る。

「昨日ね、ちゃんと話したらめちゃくちゃ気が合ったの」

あたしはリュックから荷物を取り出しながら答えた。

それは本当のこと。でも、それだけではまだ腑に落ちないのか、恭ちゃんは腕を組んでいる。それからあたしの横へと視線をズラして、眉を顰《しか》めつつ「おはよう、芹羽」と元気半減な声を出した。

「……おはよ」

恭ちゃんとあたしとを交互に見てから、芹羽くんは小さく挨拶をして席に着いた。

まだ、芹羽くんとは気まずいままだ。

でもここ数日に比べると、ずっと心は楽になっていた。恭ちゃんがあたしの方を向き直ってこんなことを言ったとしても。

「とにかくさ、今日は絶対一緒に帰ろうな」

「あ、じゃあ夢香ちゃんのことも待っててね」

「は？　なんでだよ」

「一緒に帰りたいから」

「……夢香と？」

「うん」

あたしの即答に、恭ちゃんは頭を抱え出した。しばらく考えるように俯《うつむ》いてから、ため息を吐き出しながら仕方なさそうに頷く。

「分かったよ、じゃあまた帰りね」

渋々、立ち上がって自分の席へと戻って行った恭ちゃんを見送って、改めて隣の席の芹羽くんに視線を向けてみる。

昨日は休んでいたけど、顔色が悪い感じはしない。病気で休んだわけではなさそうで安心する。

「……何？」

「え！　あ、ごめん」

まずい。思わずじっと見過ぎてしまった。やっぱり、今日の芹羽くんも笑ってくれない。

でんぷちゃんシールをあげた時の笑顔を思い出して、少し寂しくなった。

あたしのあげたでんぶちゃんシールも、どこへ行ったのか、分からない。さすがに授業のノートに貼ったりするとは思えないし、どこかにしまっているのかな。

無意識のうちに出てしまうため息に、黒板の方へと向き直した。

一限の始まりを示すチャイムが鳴って、それ以上話すわけにもいかない。

夢香ちゃんとの悩みは解決したけれど、芹羽くんの謎は残ったままだ。

だけど、あんまり踏み込んではいけない気がする。

『どこまでついてくんの？』

あの時の芹羽くんの目が怖かったことを思い出してしまう。そして、それ以上に初めて会った時の泣き顔も、気になって仕方がない。

現国の先生が教室に入ってきて、授業が始まる。

【また、ピアノ聞きに行っても良い？】

突き放されることを覚悟で、あたしはノートの端っこにそう書いて、先生が黒板を向いた瞬間に芹羽くんの左肘をツンツンと突いた。

気が付いた芹羽くんにあたしがノートを指差すと、芹羽くんは一瞬眉を顰める。

——うわ……やっぱり無謀だったかな。

一気に心臓がギュッとなって、冷や汗が滲《にじ》むのを感じる。

慌てて消しゴムを手に取って、声を発せずに『忘れて』と口を動かした。

でも急いで文字を消していると、今度はあたしの右肘を突かれた。

驚いて、芹羽くんの指が指し示すノートの端っこへと視線を向ける。

【いいよ】

形の良い綺麗な字で書かれた三文字。その、たった三文字が嬉しすぎた。視線の先の芹羽くんは、またあの時と同じ笑顔を向けてくれていた。

だけど、それは泣きそうなくらいに切なくて、寂しそうに感じる。

返事を書こう、泣きそうになりながらシャープペンシルを手に取った時だ。

「中村、次のページ読んでみろ」

急に、現国の先生があたしのことを当てた。ぎゅっとなった心臓に手を当てつつ、涙を堪《こら》えながら震える声で開いていたページをなんとか読み終えた。教科書から前へ視線を上げると、先生がメガネを外して涙を拭っていて驚いてしまう。

「中村ぁ！　感情移入しすぎだ！　めちゃくちゃいい音読だった！　素晴らしいっ、みんな拍手っ！　でも、そこまでまだ進んでないからな、三十六ページまで戻れ」

慌てて適当に開いたページ。死んだ爺様を思って自分を犠牲にしてしまう狐の話の部分を読み上げたあたしを、先生は盛大に褒めた。

みんなからの拍手が……盛大に恥ずかしかった。

「奏音ちゃん今日の現国の時間凄かったね」

「何、まさか横浜時代は俳優目指してたとか？　実は子役やるために向こう行ったとか？」

「……いやいや、それは絶対にないから」

放課後の家庭科室、柚季ちゃんが部活の休憩中にやってきた夢香ちゃんに、今日の出来事を話していて、なんだかまた辱《はずかし》めを受けている気がする。

唸りつつ、机に突っ伏すと夢香ちゃんの声がした。

「あ、あたしそろそろ戻るね！　じゃ、また」

部活に戻っていく夢香ちゃんに、お互い手を振りあって見送る。柚季ちゃんがそんなあたしの方を見て驚いた顔をしている。

「まさか、昨日の今日でこんなに仲良くなってるとは思わなかったなぁ」

「あたしもだよ」

話したら本当に良い子だった。夢香ちゃんは、友達になってしまったらかなりフレンドリーだ。

それに、夢香ちゃんの周りにいる子達って男女問わずに元気な子が多い。

絵奈ちゃんが良い例かな。

柚季ちゃんは、どちらかと言うとあたし寄りな気がするけれど……

「で、恭太くんとの方は解決したの？」

「いっ‼」

思い切り針を人差し指に刺してしまった。

「あー、大丈夫？　絆創膏持ってくるから」

ぷくっと赤い球が刺した場所から溢れてくる。柚季ちゃんが急いで絆創膏を持って戻ってくると、優しく巻いてくれた。

「その反応は、告白、されたんだね？」

鋭い柚季ちゃんは「今日はここまでにしようか」と、ソーイングバッグを片づけ始めた。

話が聞きたそうなそぶりに、あたしは唸りながら答えた。

「あたしは、よく分かんないからさ。だから、恭ちゃんにはちゃんとその気持ちは受け取れないって言ったよ」

絆創膏に滲《にじ》み始めた赤を見つめながら、あたしはため息をついた。

すると、柚季ちゃんがふうん、と首を傾げる。

「……そっか。他に、なにか気になることでもあるってこと？」

「え？」

「だってさ、好きだなんて言われたら、それだけでその人のこと意識しちゃうのが普通じゃない？　まして、ずっとそばにいて知っていた人だよ？　なのに、簡単にその思いを断ち切れるってさ、よっぽど相手のことを嫌いか――他に気になる人や何かがあるからなんじゃないの？」

綺麗に片付いたテーブルに満足げに微笑み、柚季ちゃんはあたしの方を向いた。

恭ちゃんのことが嫌いだなんてことは絶対にない。

あたしはただ、人を好きになったりしても、その先に悲しみが待っているって考えると、特別な人なんて要らないって思っているだけだ。

他に、気になる人だって……

チラリと、頭の片隅、芹羽くんの悲しげに笑う笑顔がよぎった。

「まぁ、恋だの愛だの、あたしだってよく分かんないけどさ、誰かを好きになってる人って凄く魅力的な気がする。あたしが、絵奈や夢香と友達になりたいと思った理由はそこなの。奏音ちゃんもさ、まだそんなキラキラした雰囲気してないけど、この先そんな人が現れたら、あたしは喜んで相談に乗るからね」

濃いピンクのリボンを揺らして手でハートを作る柚季ちゃんの姿に、少し驚いてしまう。

「もしかして、あたしらしくないって、思った？　まだまだ奏音ちゃんにはあたしの本性見せてないからね、これからも仲良くしていこうね」

たぶん、驚いたのが顔に出てしまったんだろう。

あたしより大人に見えたり、友達の恋バナにはしゃいでいたり、冷静な判断をしてきっぱり物を言ったり。柚季ちゃんの本性は本当にまだまだ分からない。

だけど、なんやかんや一番近くにいるから、正直柚季ちゃんとは気が合うんだろう。

「指、お大事にね。今日は早いけど終わりにしようか」

「うん」

テーブルの上を片付けていると、柚季ちゃんが廊下に出て行くのが見えた。帰るとなると誰よりも早い。いつも颯爽と姿を消すのに、今日はまだ入り口付近に立ち止まっている。

その様子がなんとなく気になって見ていると、向かいに誰かが立っていた。

柚季ちゃんと向き合っていたのは、芹羽くん。

差し出された芹羽くんの手に、柚季ちゃんが何かを渡している。軽くお礼を言うように頭を下げた芹羽くんは、そのまま行ってしまって、柚季ちゃんも行ってしまった。

何を渡していたんだろう。

気になっても、何も声を掛けられないまま、あたしは二人を見送った。

呆然としたまま片付けを終えて、昇降口へ向かう。

途中、芹羽くんの姿を見つけた。じっと目で追っていると、一年生の靴置き場へ向かった。

もしかしたら、旧校舎に行くのかもしれない。そう思って、自分の上靴を脱ぐ。あたしは急いで外靴を手に持ったけれど、振り返ると芹羽くんの姿はもう見当たらない。

うわー、芹羽くんって忍者？

あまりにも堂々と歩いていたのに、こつぜんと姿を消すあたり、旧校舎へ行くことに慣れているんだとは思う。あたしにはその行動が憧れるくらいにスムーズに見えた。

こそこそと、まるで泥棒のような足取りで外へ出ると、あたしは急いで、いつもの地図を思い出して非常扉へ向かった。

静かに足音を立てずに来たけれど、まだなんの音も聞こえてこない。

ドアノブにそっと手をかけて、ゆっくりと開けて閉める。

ガチャンッと、どうしても音が響いてしまう重たい扉。きっと、芹羽くんは毎回その音であたしが来たことを知るんだと思う。

廊下の窓から、音楽室の真ん中で芹羽くんが立ち止まっているのが見えた。

コンコン、と軽くノックをしてからあたしはドアを薄く開けた。

あたしがここへ来たのは、もちろんまた芹羽くんのピアノが聴きたいと思ったからだけど、それだけじゃない。本当はあとをつけてしまったこと、見られたくなかっただろう現場を見てしまったことを、謝りたかったからだ。

いまだ振り向かない芹羽くんの背中に近づいて、立ち止まる。

「芹羽くん……この前は、ごめんなさい……」

全身の神経を集中させて、想いを言葉に込めた。

謝るって勇気がいる。走ってきたわけでもないのに息が少し苦しくなる。

振り向いた芹羽くんは、困ったように眉を下げて首を振った。

「……僕の方こそ、あんな言い方して……ごめん」

泣きそうな表情に、やっぱり芹羽くんが何にそんなに苦しんでいるのか、気になってしまう。

だけど、あたしにはそれを聞く勇気はなくて。

「芹羽くん、また聴きたいな、『春の真ん中』！」

泣いてしまうんじゃないかと思うほどに肩を落としていく芹羽くんに、明るさを取り戻してほしくて、あたしは出来る限りの笑顔を向けた。

「うん、いいよ」

すぐに笑ってくれた芹羽くんは、もう影を纏《まと》っていない。

ピアノの前に行き、椅子に座った。

そして、鍵盤に置いた指が、ゆるやかにメロディーを奏《かな》でていく。優しくて暖かい。

やっぱり、芹羽くんのピアノは聴いていて心地がいい。楽器のことはよく分からないけれど、あたしは芹羽くんのピアノが好きだ。

弾き終えた芹羽くんに拍手を送る。

あたしたったひとりのための演奏だって思うと、すごく贅沢な気がする。

ふと、ピアノの上に無造作に置かれたノートや楽譜だろうか、その中の一冊にあたしは目をとめた。

「あ！　これ……」

あたしの視線に芹羽くんが気付いて、一冊を手に取る。そこには、あたしがあげたでんぷちゃんシールが貼ってあった。

なんの楽譜だろう？　と思ったら、芹羽くんが教えてくれる。

「これ、春の真ん中の楽譜本なんだ。中村さんから貰ったシールが気に入りすぎて」

照れたように笑いながら、芹羽くんがそう言ってくれて、あたしも嬉しくなる。

「うわ、嬉しいっ。やっぱり芹羽くんにあげてよかった！　あー、また読みたくなっちゃうなぁ、『桜の君』」

しっかり全巻揃えた単行本は、引っ越す時に荷物になるからとみんな手放してしまった。あの時は父と母の離婚のことで何もかもがどうでもよくなっていたし、自分の好きなものがなんなのかも、よく分からなくなっていた。

芹羽くんのピアノを聴いた今だから、ようやくずっと開けずにいた趣味の詰まっていた記憶の中の段ボールを開けることが出来た気がする。

「僕、電子書籍で全巻持ってるよ」

ブレザーのポケットから、芹羽くんがスマホを取り出して操作する。

「読む？」

向けられたスマホの画面に『桜の君』の表紙が映っていた。

「う、わ！　うわ、それだ！　懐かしいっ」

思わず画面の目の前まで近付いて見入ってしまう。そんなあたしに、頭上から笑いが漏れた。

「ふっ……中村さんって、いちいち面白いよね」

スッとスマホを差し出しながら、「貸すよ、座って読んで良いから。僕は邪魔にならないくらいでピアノを弾いてるね」と、まだ笑いを堪えている。

やっぱり、芹羽くんはここではよく笑ってくれる。その笑顔を、あたしだけが見れているんだと思うと、胸の中があったかくなる。

芹羽くんといるこの空間は、とても居心地がいい。

夢中になって『桜の君』を読み進めるあたしの横で、芹羽くんがピアノを奏《かな》でる。

それが物語と合わさって、さらに臨場感が増していく。

幸せな時間が過ぎるのはやっぱり早くて、一巻を読み終えた頃には、芹羽くんがあたしの方を見ながらすっかり帰り支度を済ませていた。

「あ！　ごめん！　あたしつい、夢中になりすぎちゃった……」

「いいよ」

そう言う芹羽くんの笑顔が優しくて、胸が高鳴る。

スマホを返しながら、あたしは呼吸を整えるように小さく深呼吸をした。

「あれ、指、どうしたの？」

すると、スマホごと差し出した手を芹羽くんに取られて、さらに心臓が跳ねた。

「しゅ、手芸部のマスコット作りで、針、刺しちゃって」

「そっか」

心配そうに指を見つめて離そうとしないから、顔に熱が上ってきて、慌てて言葉を付け足した。

「あ、そのマスコットね、でんぶちゃんなんだよ！　そうだ！　二つセットのキットで今作っているんだけど、上手くできたら……自信は……ないけど……芹羽くん、一つ貰ってくれない？」

思いついたことを、つい口走ってしまった。言っている途中から、うまく作れる自信がなくなってきてしまって、最後は消えそうな小さな声になる。でも、芹羽くんはまた嬉しそうに笑ってくれた。

「ははっ、うん。中村さんのでんぶ、楽しみにしてる」

そう言って、手を放される。

「う、うんっ！　頑張って作るね」

「絆創膏が増えないことを祈っているよ」

「え！」

あたしの指をチラリと見て、また微笑む芹羽くんが少しだけ意地悪に見えたけれど、あたしは芹羽くんが笑ってくれることが嬉しかった。

非常扉から出たあたしは、桜の木の上に広がる空を見上げた。

夕陽が空を赤く染めている。

「じゃあ、またね」

「……え」

芹羽くんがそのまま行ってしまうから、戸惑った。

「あ、あの……一緒に……」

当たり前のように、このまま一緒に帰ろうかって、言ってくれるんだと思ってしまっていた。

だから、あたしは急いで芹羽くんを追いかける。すると、不思議そうな表情で芹羽くんが首を傾げた。

「相楽くんが待ってるでしょ。僕は一人で帰るから」

「……あ」

『今日は絶対一緒に帰ろうな』

今朝、芹羽くんも恭ちゃんの言葉を聞いていたんだ。

恭ちゃんや夢香ちゃんも、みんな話すと楽しいのに、芹羽くんはそこに交わってこない。

遠くなっていく背中を見送った後に、あたしは昇降口へと足を進めた。

第六章　「芹羽くんのこと」

「あー、奏音ちゃんどこにいたんだよ?」

昇降口で夢香ちゃんと二人で待っていた恭ちゃんが、あたしに気が付いて駆け寄ってきてくれた。

漫画に夢中になっていたことが申し訳なくなる。

「メッセージ送っても反応ないし、心配したんだけど」

「ごめん!」

芹羽くんのスマホを借りて夢中になって『春の君』を読んでいたから、自分のスマホはリュックに入れっぱなしだった。

でも、二人とも本気では怒っていないようで、すぐに一緒に歩き出してくれた。

ただ、三人で歩き出しても、あたしは先に行ってしまった芹羽くんの姿を探してしまう。

――どうしてあたしは、芹羽くんのことがこんなにも気になってしまうんだろう。

謎が多いから、なのかもしれない。

家に帰って、夕飯の後片付けまで終えると、食後のお茶を啜《すす》りながらおばあちゃんが突然切り出した。

「恭太くんのことをフッたのかい？　奏音ちゃん」

「え⁉」

思わず口にしたお茶を噴き出してしまいそうになって、必死に堪えた。

「この前、恭太くんがうちに来て、ポチの小屋の前で言っていたんだよ。『奏音ちゃんにフラれたー、もう生きていけない』って」

「……恭ちゃん……」

何故にポチの小屋の前で？

しゃがみ込んで、何もいない犬小屋に向かって嘆いている恭ちゃんの姿を想像してしまって、あたしは苦笑する。

おばあちゃんも、なんとも言えない表情であたしを見つめた。

「恭太くんはなぁ、小さい時から、嫌なこととか悔しいことがあって落ち込むと、うちにきてポチに全部話していたんだよ。ポチのいない小屋に向かって言うくらいだから、よっぽどショックだったんだねぇ」

そう言って両手に包み込むように持っていた湯呑みのお茶を啜《すす》る。あたしも湯呑みを手にとって、俯《うつむ》いてしまう。

「恭ちゃんのことは、嫌いじゃないんだけど……」

「うん、うん」

あたしは特別に好きな人は作りたくなくて」

あたしの返答に、おばあちゃんは驚いたように目を見開いてから聞いてきた。

「おや、そうなのかい？　どうして？」

「……最後には結局、別れなくちゃいけないでしょ？　それって寂しいじゃん」

おばあちゃんだって、おじいちゃんやポチがいなくなって寂しいはずだ。

でも、おばあちゃんはあたしの言葉を聞くと、湯呑みをゆっくりとテーブルに戻して首を横に振った。

「ばあちゃんは、おじいちゃんに好かれて一緒になって、幸せだったよ。ポチとも暮らせて幸せだった。そして、今は奏音ちゃんや果穂《かほ》が一緒にいてくれる。この上なく幸せだよ。だから、必ずしも、別れは寂しいことじゃない」

――そうなの？

弾かれたようにおばあちゃんを見ると、柔らかく微笑まれる。

「恭太くんのことを特別にするかどうかは奏音ちゃん次第だけれど、そうやって想ってくれている人がいるって事は、大切にしたほうがいい」

あたしの、くすぶったちっぽけな悩みなんか、見透かしているみたい。

それはそうだ。生きてきた長さが違う。おばあちゃんはたくさんの経験をしてきているんだ。

だから、これからの未来に不安を抱えているあたしの悩みなんて、ちっぽけにしか見えないのかもしれない。

「……そっか」

だけど、あたしには、不安に飛び込む勇気はない。悲しい思いをするなら、傷ついてしまうなら、誰も特別になんてしたくないし、みんなに優しく平等でありたい。

平和に暮らしたいだけ。ただ、それだけだった。

＊

「ねぇ、奏音。これとこれ、どっちが良いと思う？」

翌日の日曜日、遅く起きたあたしが朝ごはんを食べていると、母がスマホを見せてくる。

画面に映っているのはフライパンだ。

何これ、と言うと母が嬉しそうに画面をスワイプする。

「芹羽さんね、実は新婚さんだったみたいで。料理が得意だって聞いていたから、せっかく出来たお友達だし、お祝いしてあげたいなぁって思ってるんだけど、どっちの色がいいかなぁ？」

まるで自分のを買うように、グリーンとピンクのフライパンを見比べて悩んでいる母は楽しそうだけど、芹羽くんのお母さんが新婚さんとは、一体どういうことだろうか。

「……グリーン」

「あ！　やっぱりそう思う？　でも、新婚だからピンクもいいなーって思ったりしたんだけど……やっぱりこのグリーン綺麗だもんね。じゃあそうしようかな」

ウキウキしながら母がスマホを操作し始めた。あたしは何層にも巻かれたおばあちゃん特製甘めの卵焼きを箸で挟みながら聞いた。

「……新婚ってさ、どういうこと？」

「あ、そっか。気になるよね」

あたしの困惑した表情に気がついた母は、一度スマホを操作する手を止めてから、説明してくれた。

「芹羽さん、旦那さんとは再婚らしいの。息子さんは旦那さんの連れ子で、芹羽さんのこと、まだ受け入れてくれないみたいで。だから、この前は反抗期だって言ったんだって」

再婚……

ハッとした。

『いつも言ってますけど、余計なことしないでください。迷惑なんで』

あの時、芹羽くんがお母さんに向かって言っていた言葉を思い出す。他人に話すような言葉遣いをしていたのは、お母さんのことを受け入れていなかったから、なのかな。

「芹羽さん、とっても頑張っているのよ。毎日お弁当作ってあげてるし。でも、最初の頃はちゃんと食べてきてくれたらしいんだけど、最近は断られるし食べてもくれなくなったって。話をしたくても、避けられているって。籍を入れた途端に、手のひら返したみたいにされて、悩んでるって……」

ため息をつく母に、あたしはご飯が喉を通らなくなる。

聞いてはいけないことを、聞いてしまったような気がした。

「お母さん、そろそろ行く時間じゃない？」

口を突いたのはそんな言葉だった。母は時計を見て、大きく頷く。

「あ、そうね。フライパンはグリーンにしとくね。相談に乗ってくれてありがと。食器は片付けておいてね！」

「うん。いってらっしゃい」

「いってきます！」

そう言って母は、パート用のバッグを手に取り玄関を出て行った。

それを見送って、大きく息を吐く。

芹羽くんの謎が、少しだけ解けた。やっぱり、芹羽くんの行動や態度には理由があったんだ。

明日は早起きをしよう。そんな風にひっそりと決意した。

次の日、台所で朝ごはんの準備をしていたおばあちゃんに「おはよう」と声をかける。

魚焼きグリルから、こんがりと焼き上がった鮭を取り出しながら「もう準備できたのかい？」と、おばあちゃんは驚いた顔をした。

「うん。今日さ、ちょっと早めに行こうと思ってて」

「ご飯はちゃんと食べないといけないよ」

「うん。分かってる。こっちで食べてもいい？」

物が多く載った台所の狭いテーブルを指差して、一人分のスペースを空ける。あたしは、茶碗を取り出して炊飯器の蓋を開けた。艶々のご飯をよそい、自分の箸を手に取り椅子を引く。

鮭が目の前に置かれて「いただきます」と手を合わせると、味噌汁、ほうれん草のおひたし、なめこの大根おろし和《あ》え、次々と目の前に小皿が置かれていく。

急いでいるあたしのために、分量を考えてくれたおばあちゃんに感謝して食べ終えると「ごちそうさま」をして、あたしは学校に向かった。

恭ちゃんには起きてすぐに、『今日は先に行くから、夢香ちゃんをよろしく』とメッセージを送っておいた。

いつもの登校時間だと生徒がいすぎて、芹羽くんの秘密の場所へ向かう姿がバレてしまいかねない。あたしはまだ芹羽くんほど忍者にはなりきれていないし、彼に迷惑はかけたくない。

やっぱり早く出てきて良かった。

もちろん朝練のある部活の子達がまばらに登校してきているけれど、多くはない。

周りを気にしながら、あたしは最初に見つけた裏ルートから旧校舎の音楽室を目指した。

爽やかな風に乗って新緑の香りが鼻を掠《かす》める。深呼吸したくなってしまうほどに清々しい朝だ。

木の下を潜《くぐ》り抜けていく途中、聞こえてくるのは、間違いなく芹羽くんのピアノの音。

あれ？　また、窓開けっぱなしにしていたのかな？

驚いて、旧校舎の音楽室の窓から中をそっと覗いてみた。よく見ると、やっぱり少しだけ窓の隙間が開いていた。

きちんと外から閉めると、あたしは非常扉に向かい、そっと中へ足を踏み入れた。

今日も芹羽くんが弾いているのは、カノンだ。

泣きたくなるくらいに切ないのは、芹羽くんの心を表しているからなのかな。

母に聞いたことが頭の中に蘇る。

あまり人のことを詮索はしたくない。あたしだって聞かれたくないことがある。だけど、ピアノの旋律がこんなに悲しそうで寂しそうで、泣きたくなってしまうのは、あたしの考えすぎなのかな。

音楽室のドアを開ける前に、突然ピアノの音が止んだ。

ガラリと開いたドアの目の前に、芹羽くんが今にも泣き出しそうな顔をして立っていた。

「……早いね」

ポツリ。呟くように言ってかすかに笑うと、芹羽くんはピアノ前まで戻って力なく椅子に座った。まるで崩れ落ちるみたいな座り方に、なんだか、芹羽くんが消えてしまいそうな錯覚に陥《おちい》る。

「芹羽くん……あの……」

呼びかけても、芹羽くんは窓の外を見ている。

ゆっくり近づいて、虚空を見つめる芹羽くんに、なんと声をかけようか迷って——

「どうして……カノンなの？」

「……え」

突拍子もないことを聞いてしまった。

しかし芹羽くんはハッとしてあたしのことを見ると、戸惑うように瞳を揺らした。

聞いてはいけないことだったのかもしれない。すぐにそう感じて、あたしは次の言葉を探すけれど、なかなか繋がる言葉が思い浮かばなかった。

「誰にも……」

また、ポツリ。鍵盤の一番端っこ。一番低い音を鳴らしたように、芹羽くんの口から言葉が溢れる。

「誰にも……話すつもりなんてなかった」

低く、小さく呟いたきり、芹羽くんは口を閉じてしまう。

部屋の中に沈黙が散って、遠く、始業のチャイムが聞こえてきた。

「あ……大変だ。教室に行かなくちゃ」

慌て始めたあたしに、芹羽くんはまた悲しそうに笑う。

「行って」

「……でも、芹羽くんは？」

「僕は、もう少し、ここにいる」

ピアノの椅子から立ちあがることも、動くこともせずにいる芹羽くんを気にしながらも、あたしは非常扉から外へ出て、急いで教室を目指した。


放課後まで、芹羽くんは結局教室には現れなかった。

あたしは誰も座ることのない隣の机を見て、ため息をつく。

「奏音ちゃん、今朝早く行ったのになんで遅刻しかけたの？」

恭ちゃんが部活へ向かう前にあたしの所へと来て怪訝そうな顔をしている。

「もしかしてさ、また俺のこと……」

そこまで言って、恭ちゃんは口を歪ませて言葉を呑み込んだ。

「えっと……ちょっと用事があって……ごめんね。夢香ちゃんとは一緒に行けたでしょ？」

いつも通り待っていてくれていたはずだし、あたしがいなくても、二人はもともと仲が良かったんだし。

そう言ったら、恭ちゃんは拗《す》ねるような表情になった。

「……俺が一緒に学校に行きたいのは、奏音ちゃんなんだよ……夢香じゃない」

その言葉に、あたしは心の奥底がズキンと重苦しくなる。ずっと合っていた視線がやっと逸れて、恭ちゃんは教室を出て行った。

湧き上がる呼吸。深いため息と共に罪悪感のようなものが吐き出された。

柚季ちゃんに今日は部活を休むことを伝えると、あたしはすぐに芹羽くんがいるはずの旧校舎へと向かった。

『誰にも……話すつもりなんてなかった』

なんだかあの時、芹羽くんはあたしに何かを話してくれるんじゃないかと期待した。聞きたいけれど、芹羽くんの深い所を知るような気がして、少し、怖かった。

だけど、あたしはまだ、芹羽くんのことを知りたいって思っている。

非常扉をそっと開けて、中に入る。ここが開いているということは、芹羽くんがいるはずだ。窓から音楽室内を覗いてみる。ピアノの前には、誰もいない。

廊下の窓から見える範囲、室内を端から端まで見てから、そっと引き戸に手を掛けて開ける。

すると、一瞬だけ強く、新緑の香りを含んだ暖かな風があたしの耳元を通り抜けて、ふわりと髪の毛を舞い上げた。

カーテンが波打つ。窓が、開いている。

風の吹き込む先を見つけてから、あたしの視線はすぐに床に落ちた。きらきらと明るい髪色を照らす日差し。広く何も置かれていない音楽室の真ん中に、芹羽くんがいた。

いた、というより、うつ伏せに倒れている。

その姿が目に入った途端に、あたしは芹羽くんに慌てて駆け寄った。

どうして倒れているの？　もしかして、いや、まさか、悩みすぎて思い詰めて……最悪の状態を想像してしまった自分に思い切り頭を振って、床に膝をつく。

「せ、……芹羽くんっ⁉」

芹羽くんの顔を覗き込むと、サラリと流れる前髪の下から長いまつ毛がのぞいて、わずかに瞼《まぶた》が動くのが見えた。

良かった。生きてる。

安心すると、全身の力が抜けてしまった。ぺたんと床に座り込んで胸を撫で下ろす。

ゆっくり、目を覚ました芹羽くんは、寝ぼけ眼《まなこ》であたしを捉える。

その瞳が、徐々にまんまるくなり、驚いた表情に変わっていく。

「……中村さん？」

むくりと起き上がったと思ったら、手が伸びてきて、そっとあたしの頬に触れた。

「なんで……泣いているの？」

スッと動いた芹羽くんの指が、あたしの頬を拭う。瞬間、瞬《まばた》きをしたら、ぽたぽたと生ぬるい雫がいくつも膝の上に置いてあったあたしの手の甲へと、降り注いだ。

「……っ……」

自分が泣いていたと気がついたら、もう涙を止められなくなった。

涙腺は、きっと今まで堰き止められていたんだろう。今となっては、我慢してきた涙全部がこぼれだしていく。

涙なんて、いつぶりだろう。ずっと、我慢してきた。

あたしが泣いたら、母はもっと悲しくなるだろうって。

あたしが泣いたら、母に心配かけてしまうだろうって。

あたしが泣いても、なんにもならないって。

あたしが泣いたって、父は帰ってこないって。そう思って泣くのを、ずっと我慢してきていた。なのに……

「……芹羽くんが……死んじゃったんじゃないかって……怖かっ……た……」

口に出して言葉にすると、震えが止まらない。

倒れ込む芹羽くんを見て、あたしは怖かったんだ。芹羽くんが遠いところに行ってしまったんじゃないかと。芹羽くんがいなくなってしまうんじゃないかと。

芹羽くんを失うことが、怖くて、怖くて……

震える手をギュッと握りしめる。落ち着かせるように、呼吸をゆっくり整える。

芹羽くんはそんなあたしの両手をそっと握り締めてくれた。

「僕、そんなに思い詰めているように見えてたって、こと？」

スラリと長くて細い指は華奢《きゃしゃ》だけど、包み込んでくれる手のひらは大きくて、ぬくもりに安心する。あたしは何度も頷いた。

「心配させてしまって、ごめん……」

戸惑うように伏せた瞳。芹羽くんの手のひらはすぐにほどけて、壁に寄りかかるように座り込むと、彼は小さなため息を吐き出した。

芹羽くんはいつもどこか寂しそうで、何かを抱えているみたいに辛そうに見える。

だけど、奏《かな》でるピアノはとても優しくて楽しそうだった。目元を拭って、あたしは無言のまま芹羽くんを見つめた。何か言いたげに、だけど、迷うように揺れる瞳と、何度か視線が交わる。逸れてはまた繋がってを繰り返すうちに、芹羽くんが呟いた。

「……この前、僕がスーパーで話していた人、父さんの再婚相手なんだ」

ため息と一緒に、芹羽くんは膝を抱えてゆっくり言葉を紡ぎ出した。

「僕には、この高校で音楽を教えるピアノのとても上手な母さんが居たんだ……」

ふわりと、また何処からともなく新緑の香りが風に乗って香ってくる。

「母さんは元々体の弱い人で、病気が悪化してからは、教職を辞めて僕と一緒に過ごすことが多かった」

芹羽くんは、ゆっくりと昔の話をしてくれた。

＊＊＊

ひらり。桜が舞い散る。

坂の両脇に並んだ桜の木は、青い空を覆い隠すくらいに咲き誇り、桜色のトンネルになっていた。母さんと手を繋いでいた僕は思わずその手を離して、ひらひらと舞い落ちてくる花びらへ手を伸ばした。

『よっ！　あー、捕れないーっ！』

『誠、お母さんだけが知っている、特別な場所へ連れて行ってあげるね』

『……特別な場所……？』

『そう、誰にも内緒』

クスクスと笑いながら、母さんが人差し指を立てて口元に置いた。ワクワクが抑えられずに、僕はまたしっかりと手を繋いで、坂を歩いていく。

たどり着いたのは、桜花高校だった。

『……お母さん、お仕事なの？』

学校という場所に馴染みはなくても、母さんが働いている場所だということは知っていた。ここへは父さんに連れられて何度も母さんを迎えに来たことがある。

『いいえ』

すると、母さんが首を振って楽しそうに笑う。そして辺りを見回しながら、真剣な顔を向けてくる。

『これから、秘密基地に向かうからね、誰にも見つかっちゃダメよ、誠』

僕は緊張しながらも、ワクワクしていた。

これから何が起こるのかとても楽しみになる。忍者のように颯爽と学校の門を潜《くぐ》り抜ける母さんにひたすらついていく。たどり着いたのは、学校の裏側。

母さんはパンツのポケットから鍵を取り出して、僕の方を向いてニコッと笑うと、鍵穴へ差し込み、ガチャッと重たそうなドアを開けた。

さわさわと風が吹きつけ始めて、桜の花びらが頭上で舞い踊った。

中に入るとひんやりと薄暗くて、音一つ聞こえない。

母さんは背負っていたリュックから上靴を取り出して、僕の分も置いてくれた。

コツコツと足音だけが響く。すぐ一番手前の教室の扉を引いて、母さんは中へと入っていく。

窓際に大きなピアノがあるのがすぐに目に入った。壁に並ぶ音符や楽譜。黒板には五線譜。

『……ピアノのお部屋？』

カーテンを引くと、外の日差しが入り込んできた。

薄暗かった教室の中が、一気に明るくなる。

母さんが連れてきてくれたのは、新しく校舎を建て直すために使われなくなる予定の音楽室だった。校舎自体が全く使われなくなるわけではなかったらしい。だけど新校舎には防音設備を整えた最新の音楽室を作るために、旧校舎の音楽室は今後は使わなくなるそうだ。

だから、その音楽室は音楽の教師だった母さんだけ、出入りが自由にできる特別な部屋だった。

母さんは僕のことを連れて音楽室に通い、ピアノを教えてくれた。母さんが奏《かな》でるピアノが好きだった。優しくて楽しくて。だから、僕もピアノを弾くことが楽しかった。学校の先生たちにもよく声をかけられて「上手」だと褒められたり「頑張れ」と励ましてもらったり。

だけど……

『秘密基地は誠にあげるね。大好きよ、誠』

母さんは僕を音楽室へ連れて行ってくれたあの日から少しずつ、体調が悪くなっていった。

一番近くにいた僕は、その変化に誰よりも気が付いていた。父さんは僕をおばあちゃんの家に置いて、母さんとしょっちゅう出かけるようになった。僕が母さんを昼間独り占めしているから、たまには父さんにも。なんて考えたりして。

だけど、父さんが母さんと出かけていた場所は病院だった。父さんに連れられてたどり着いた病室で、僕は母さんが入院することを知った。

毎日毎日、母さんは僕に『大好きよ』と手を握ってくれた。

毎日毎日、喋れなくなっても、痩《や》せてしまった目元を緩ませて、笑ってくれた。

そして、小学校二年生の終わり。母さんは、最後の最期まで『幸せになって』と、僕と父さんに声を発することなく口を動かして、笑顔で息を引き取った。

小学校三年の時。元々隣町に住んでいた僕は、父さんの実家のあるこの町に戻ってきた。

おばあちゃんは母さんより少し前に亡くなっていて、男二人。

落ち込む僕のことを、父さんはいつも励ましてくれた。母親のいない僕が寂しくないように、全力で母親役をやってくれたこともあった。思い出すと懐かしくて。そして、少し笑えてしまう。

　母さんが亡くなってから初めての新しい小学校での運動会。朝、まだ陽も昇らないうちからキッチンで何やら父さんが騒いでいた。

　運動会のためのお弁当を作ってくれていたらしい。

　前の日は仕事で夜中まで働いてきたっていうのに、一生懸命やってくれた。

　でも、卵焼きも焼きすぎて焦げてしまっているし、唐揚げは下準備を忘れてしまったからと、急遽冷凍食品で間に合わせだった。茹でたブロッコリーはおにぎりを握っている間に茹ですぎてほろほろと形がすぐに崩れてしまうほどに柔らかくなってしまっていた。

　なんとも締まらないお弁当の中身に、父さんはガックリと肩を落としていたけれど、僕にはそのお弁当がキラキラと輝いて見えた。

『わー！　僕の好きなものばっかり！　ありがとうお父さん！』

　疲れ果てた父の顔を心配になって覗き込むと、見る見るその顔が歪んでいって、僕は父さんにしっかりと抱きしめられていた。

『誠ぉ！　運動会がんばれよ！』

『うん！』

　しばらく抱きしめられてから、離れた父さんの鼻の頭が赤くなっていた。目元が濡れているようにも感じたけれど、満面の笑みの父さんに、僕はグーパンチで応えた。

小学校五年生になるころ、父さんは料理の腕をあげた。それに、買ってきたものではなさそうな保存容器に詰められたおかずを、たまに持ち帰ってくるようになった。そのおかずはどれも美味しかった。それを作ったのが誰かなんて気にも留めず、僕は父さんにとても感謝していた。そんなある日、父さんが知らない女の人を連れてきた。

『初めまして。誠くん』

どこかぎこちなさそうに笑うその人は、あまり多くを語らずにその日からよくうちへ来るようになった。父さんがその人のことを「春美《はるみ》ちゃん」と呼ぶのを聞いたけれど、僕がその名前を口にすることはなかった。

そのうち、覚えのある味付けのおかずが食卓に並び始めた。

そうか、この人が父さんに料理を教えたり、おかずを作って持たせてくれていたんだ。と、子供ながらにもすぐに気が付いた。

三人で食卓を囲むことが増えて、父さんはとても楽しそうで、今まで僕のことに必死になっていたあの頃とは全く違う顔になった。心から笑っているように見えることが多くなった。

この人のおかげなんだろうか。

二人を見比べては、僕は食欲が半減する。

部屋へ戻ると、母さんから最後に教えてもらったパッヘルベルのカノンを、机の上で指を動かし頭の中で演奏する。

『この曲はね、お母さんが大好きな曲なんだ。お父さんと結婚する時に良く聞いていたし、弾いていたの』

ふと、母さんの料理の味付けを思い出そうとして、母さんが得意だった料理はなんだったのか、思い出せなくなった。

母さんの料理で好きなものは、なんだった？　きんぴらごぼう？

いや、あれはあの人が一番最初に父さんに教えて、僕が父さんに美味しいと自分から褒めたんだ。

じゃあ、肉じゃが？　ちがう。ハンバーグ？　ちがう。卵焼き？　……ちがう。違う、違う……全部あの人の料理しかもう思い出せない。

僕は母さんと食べるご飯が美味しかったのを覚えている。記憶は残っている。それなのに……

『誠、父さんな、春美さんと結婚しようと思ってる』

『……は？』

分かっていた。

僕だって、三人でいると家族なんじゃないかって錯覚してしまうほどに、あの人は父さんと僕の生活に溶け込んできていた。いつかそうなるんじゃないかと、どこかで感じていた。だけど、まさか本当に。

『父さんは母さんのこと、もう忘れたのかよ？　なんだよそれ。おかしいだろ。結婚は母さんとしてるだろ。僕の母さんは母さんだけだ！』

初めて、父さんに対して大きい声を上げた。父さんが母さんを忘れたなんて、認めない。

『誠くん、はい、お弁当。朝に頑張って作って用意して置くから、持って行ってね』

なんでもない笑顔にイラつく。

頼んでもいないのに頑張ってなんてほしくない。僕にかまうな。

そう思い始めると、ぐるぐると負の感情が胸の中で渦巻き出して止まらなくなる。

一年生のうちは弁当も食べていた。だけど、どうしても母さんのことを忘れていってしまうようで、怖くなって、食べることをやめた。

＊＊＊

「認めたくないわけじゃないんだ。僕だって二人を祝福したい。あの人が優しいのも、僕のことも父さんのことも大事に思ってくれているのも、ちゃんと分かってる。分かってるから……怖いんだ……このまま、僕と母さんとの思い出が……全部消えてなくなってしまうんじゃないかって……怖くて、寂しくて……っ……」

体を縮めて膝に顔を埋めた芹羽くんは、声を漏らしながら泣いた。

鳥の囀《さえず》りが聞こえる。

柔らかな風が音楽室に吹き込んできて、まるで芹羽くんを慰めるかのように彼の髪の毛を揺らした。

あの日、芹羽くんが泣いていた理由がようやく分かった。

あたしも涙が止まらなくなる。

芹羽くんの弾くカノンが、切なくて、寂しそうで、でも、どこか喜びに満ちているように聞こえたのは、間違いなかった。

父親の再婚。戸惑い。反発はすれども、祝福したい気持ちも混じる困惑した気持ち。

その気持ちは、あたしにも痛いほど分かった。

もしかしたら、この先、あたしの母も再婚するのかもしれない。父のことを忘れてしまって、新しい誰かとまた、新たな人生をスタートさせるのかもしれない。

その先にもまた、悲しみが待っていたとしたら？　そんなことを考えてしまうから、あたしなら再婚は絶対に勧めない。もう二度と、悲しむ母の顔なんて、見たくない。

「再婚なんて……してほしくないよね……」

思わず、こぼしてしまった。

顔を上げて、驚いた瞳であたしを見つめる芹羽くんに慌てて首を横に振る。

「あ……あ、う、ううん、なんでも……なんでも、ない……」

消えそうに呟いて、あたしは床へ視線を伏せた。

そこへ、芹羽くんが呟いた。

「なんか、似てるって思ってた……」

「……え？」

「春休み中、家にいたくなくてほとんどをこの音楽室へ来て過ごしていた。誰にも見つかることなく、僕だけの秘密の場所だった。あの日、中村さんと出逢うまでは」

ふっと、あの時を思い出したのか、芹羽くんはあたしに微笑んだ。

「あの時、僕のピアノを聞いて泣きそうだった君を見て、僕みたいに、もしかしたらこの子も何かを抱えているんじゃないのかなって……もしかして、同じように悩んでいるのかなって、思ったんだ」

腕で涙を拭ってから、小さくため息を吐き出し、芹羽くんは立ち上がった。ピアノの前に腰かけて、あたしの方を見て続ける。

「だけど、踏み込んでまで聞きたくはなかった。泣きそうになっている理由が気になったけど、僕には聞くのも受け止めるのも怖かったから。だけど、中村さんは僕の思いを聞いてくれた。今度は、僕が聞くから。だから、もう泣かないで」

　まだ潤む瞳、頬に伝う涙の痕も乾かないまま、微笑んでくれた。あたしと同じ。芹羽くんも同じ。たくさん悩んで、苦しんで。どうしたら良いのか分からなくなって。

　あたしは、まだ整理のつかない気持ちのまま、声をだした。

「うちはね、両親が離婚したの。だから、あたしはお母さんと二人でこっちに戻ってきて。お父さんとは話す時間もなかったし、どうして二人が離婚することになったのかなんて、何も知らない。ただ、あんなに幸せそうに、大好きな人のそばにいたはずなのに、お母さんが毎日泣いているのを見ていたら、あたしはそんな特別な相手はいらないって、思って」

　チャペルで愛を誓い合う二人は、確かに、画面の中で永遠と言う言葉に「はい」と答えていた。

　それなのに。永遠なんて、なかった。

「……離婚、か」

「……うん」

「うちと、逆なんだね」

　眉を下げて、笑ってみせる芹羽くんに、泣きそうになるほどに胸が苦しくなる。

お互いに、状況は違えども、抱える不安の大きさはきっと計り知れない。

だけど、あたしは誰にも言うつもりも、答えるつもりもなかった事を、芹羽くんに吐き出せた。

なんだか、重苦しく心に居座っていた重みが消えて、軽くなった気がする。

「泣くのって、結構体力いるんだな。安心して全然力が入んない」

芹羽くんは脱力してピアノにもたれかかるようにして、ははっと笑った。

「ありがとう。なんか、すっきりした」

「……あたしも……、心の中、すごく軽くなった気がする。ずっと、泣くのだって、知らずに我慢していた。芹羽くんと出逢えて、あたし良かった」

本当に、心の底からそう感じる。だから、あたしは涙を拭って精一杯の笑顔で笑った。

「ありがとうっ、芹羽くん」

大きな声で叫んだあたしに驚いた顔をしてから、芹羽くんは声を出して笑い出した。

「あははっ、やっぱり、中村さんって面白い。涙でひどい顔になってるよ」

「え⁉　せ、芹羽くんだって！」

濡れた頬を押さえながら見上げると、芹羽くんがあたしに手を差し出した。

「僕の方こそ、ありがとう」

素直にその手を握ってあたしも立ち上がると、二人でまた笑い合った。

心のわだかまりが、笑いに乗って弾け飛んでいくような気がした。

こんなに笑ったの、いつぶりだろう。こんなに涙を流したのは、いつぶりだろう。

ずっとずっと我慢していた事、芹羽くんのそばにいると、素直に気持ちが吐き出せる気がした。


椅子を並べて、二人で窓の外を眺めながら座った。

陽が傾いて、そろそろ雲がオレンジ色に染まる頃。

二人で、ぽつぽつとこれからの話をした。

「そろそろ、ちゃんとあの人と話さないとなとは、思っていたんだ。だけど、自分から距離を作ってしまって、顔を合わせれば、言いたくないのに気が付けば嫌な言葉を放ってる。なんか、どうしようもなくて」

落ち込んで苦笑いをする芹羽くんに、あたしは母の言葉を思い出した。

「芹羽くん、今日はお弁当、持ってきたの？」

さっきから、お弁当が入っていそうな保冷バッグが音楽室の端っこにリュックと一緒に置いてあるのに気が付いていた。

あの時、スーパーで芹羽くんが突きつけていたバッグと同じ物だ。

「……あるけど」

怪訝そうな表情の芹羽くんに聞く。

「もう食べた？」

「……いや？」

「じゃあ、あたしと一緒に食べよう」

「え？」

「きっと、一人で食べるから寂しくなっちゃうんだよ。あたしと一緒に、芹羽くんのお母さんはどんな料理をしてくれていたのか思い出してみようよ」

「……う、ん？」

首を傾げる芹羽くんに構わずに、あたしは椅子から立ち上がって芹羽くんの荷物のそばまで行って、お弁当を持ってきた。「はい」と、芹羽くんに渡して、膝の上で開けてもらう。

お弁当の中身は目にも鮮やかだった。

「う、わぁ。すごい！　ＳＮＳでよくあがってるお弁当みたい！」

「へぇ、そう？」

卵焼きや唐揚げが並ぶ中、ひっそりと詰められたきんぴらごぼう。白ゴマがキラキラと輝いて見えた。

「これ、食べてみたい」

きんぴらごぼうを指さして言う。

「あー、美味しいよ、これ」

そう言って芹羽くんは自分の箸を取り出して、お弁当箱からごぼうとにんじんを摘《つま》み上げる。と、いきなり動きが止まってしまった。至近距離で目が合って、芹羽くんは慌ててまたお弁当の中へきんぴらごぼうを戻してしまった。

顔を背けてしまった芹羽くんの頬が徐々に赤く染まっていって、もう耳まで赤い。

もしかして今……食べさせてくれようとした？

こちらを見てくれない芹羽くんをじっと見つめていると、手に持っていた箸を突き出してくる。

「はい！　食べて、いいよ」

強引に渡された箸を手にすると、あたしまで顔に熱が上がってくるのを感じた。

ガタッと椅子から立ち上がった芹羽くんが、窓の外を眺める。

「わー、夕陽、今日は特に赤いなぁー」

思い切り棒読みをする芹羽くんの後ろ姿。あたしは外の夕焼け空よりも照らされた芹羽くんの耳がますます真っ赤になっていくのを見て、お弁当に視線を落っことした。

「い、いただきまぁす！」

結局、あたしは芹羽くんのお弁当を一人で残さずに平らげてしまった。お腹も満腹で気持ちもスッキリして、「ごちそうさまでした」と、芹羽くんにお弁当箱を返した。

それからすぐに、ハッとする。

「あ、芹羽くんのお母さんの話だったのに、あたし普通にお弁当食べただけだった……」

芹羽くんは、一口も食べていない。

これじゃあただの食いしん坊じゃないか。

そう思って落ち込むあたしに、芹羽くんは笑ってくれる。

「美味しそうに食べる中村さんを見ていて、母は好き嫌いなくなんでも美味しそうに笑顔で食べる人だったなぁって、思い出したよ。たぶん、料理はそれほど上手ではなかった気がする。ちゃんと、思い出せたよ」

「……そっか」

すっかり空はオレンジを呑み込んで、ぼんやりと残ったグラデーションが、景色をわずかに映しだしている。あたしたちは並んで学校を出た。

夕焼けと夜の境界線に、一番星が光る。点々と、等間隔で置かれた街灯。

芹羽くんと並んで歩く坂道が、永遠に続けば良いのに、なんて思ってしまう。そうは思っても、坂の一番下を過ぎたら、芹羽くんとは別れ道だ。

「また明日」

お互いに手を振って、背を向けた。少し先、ゆっくりゆっくり進めた歩幅。

そっと振り返って見ると、芹羽くんがこちらを向いて手を振っていた。あたしの心臓が、感じたことのないくらいに早く脈打ち始める。

頭の上まで高く手をあげて振り返すと、おかしそうに笑ってから、芹羽くんは背中を向けた。

数メートル。角を曲がっていく芹羽くんを最後まで見届ける。またあたしに気が付いて手を振ってくれる芹羽くんに、今度は小さく手を振って、踵《きびす》を返した。

壊れそうなくらいに苦しい胸元をギュッと押さえて、あたしは家へと急ぐ。

気温は夜に向かって低くなっているはずなのに、全身が熱い。柔らかな風が頬を掠《かす》めると、火照《ほて》ってしまった顔に心地が良くて、早足で風を受けながら、あたしは湧き上がる嬉しさにスキップするように帰った。

*

それから、あたしは悩んでいる。

手のひらの上に載っているのは、完成間近のでんぶちゃんマスコットその一だ。

これを完成させて、芹羽くんにあげたい。

お母さんとちゃんと話せるようにって、お守りがわりに渡したい。

「あ、もう形出来たの？　早いじゃない奏音ちゃん」

家庭科室にあとから来た柚季ちゃんが後ろからあたしの手元を覗き込んでくる。

今日は白いシフォンのリボンが胸元で揺れている。

地味にコツコツと頑張っていたんだ。本来なら二、三日で出来るものを、あたしは約二週間かかっている。しかもまだ一つ目。そして、今最大の難関に立ち向かっていた。

「あー……でんぶちゃんの表情に困っているんだね？」

何に悩んでいるかをすぐに察してくれた柚季ちゃんに、あたしは何度も頷く。

「んー、顔は大事よね」

「そうなの！　失敗できない！」

「……ん？　なんかさ」

力を込めて言うと、隣に座って頬杖をついた柚季ちゃんがあたしをじっと見る。

「それ、あげる人でも見つけた？」

「え⁉」

ドキっと心臓が高鳴る。あたしは慌てて、柚季ちゃんから目を逸らした。

「わっかりやすっ」

驚いたあとに、柚季ちゃんは笑い出す。

——いや、え、なんで？

「分かるよそりゃ。奏音ちゃんって素直だもん」

まるで心の声を読んだかのようにそう言いながら、柚季ちゃんは「貸して」と、あたしの手からでんぶちゃんを取った。それから鉛筆を握りしめて真剣な顔をしつつ、フェルトに顔を描き込んでくれる。

「はい、これの通りに刺繍《ししゅう》していけば大丈夫だよ。それかぁ……フェルトを切って貼るだけでも良いかもね。楽だよ？」

「……ううん。刺繍《ししゅう》、頑張ってみる」

「そう？　じゃあ、頑張ってね」

柚季ちゃんはあたしが針と糸を手にすると、そばを離れていった。

何度も何度も糸が絡まったり、通すところを間違えたりやり直しをしながらも、なんとか、不恰好ながらに柚季ちゃんが下書きしてくれた笑顔のでんぶちゃんを完成さ
「出来たぁ‼」

せることが出来た。

微妙に斜めになっている気もするけれど、そこは愛嬌だと思ってほしい。

手のひらに乗っかったでんぶちゃんをじっと見つめると、感動して涙が出てきそうだ。

いけない、いけない。あの日から、ちょっと涙腺が緩くなってしまっているんだ。

当たり前のことなのに、隣の席に芹羽くんがいることが嬉しかったり、「おはよう」の言葉にじんっと来たり、いちいち感動してしまっている。

しかし、もう一セット作らなければいけない。

そう思うと感動も半減してしまう。けれど、とりあえずあたしの分はあとからゆっくり作れば良いか。今は、芹羽くんにこれを渡したい。

立ち上がって窓の外へ視線を向けたあたしは驚いた。

「……あ、あれ？」

ガタッと椅子から立ち上がって、立ち尽くす。

そんなあたしの声に気が付いて、窓のそばにいた恭ちゃんがむくりと起き上がった。

「あー……奏音ちゃん終わった？」

「……え？　恭ちゃん？　なんで？」

どうも、眠っていたらしい。

恭ちゃんは目をこすりながら、あくびをした。

「さっき柚季ちゃんがもう帰りたいって言うから、俺が代わりに奏音ちゃん終わるの待ってたんだよ」

テーブルの上の鍵を手に取って、あたしに見せてくる。

「これ、最後に閉めて出て、って預かった」

「そう……なんだ」

つい、夢中になって時間が経つのも忘れていた。

窓の外はとっくに夕焼けを通り越して薄暗い。慌てて恭ちゃんに謝った。

「ごめんね」

ストンと椅子に座り直して、あたしはテーブルの上を片付け始めた。でも、恭ちゃんはまだ眠そうな笑顔で首を横に振っている。

「俺が待ちたいから待っていただけ。謝らなくても良いし」

「……あ、うん。ごめ……」

言いかけて、あたしは黙った。

恭ちゃんにはずっと申し訳なさが募るばかりだ。すると、恭ちゃんがあたしの手元を見て言った。

「……それさ、誰にあげるの？」

「え……」

「さっき、柚季ちゃんが言ってたんだ。声をかけても反応なくて真剣だから、奏音ちゃんよっぽど大切な人にあげたいんだろうなって」

ビックリした。そんなに、集中していたんだ、あたし。

これは、芹羽くんがお母さんと仲直り出来ますようにって願いを込めて作った。

そう思って、正直に恭ちゃんに言う。

「お守りに、なればいいなって……その人が頑張れるようにって、願いを込めたの」

「それってさ、今度の大会勝てるようにって、俺のために作ってくれたー……なんてことは……ない、よね。やっぱ」

「……うん、違うよ」

「だよね、はは」

力無く笑う恭ちゃんに、困りながら聞いた。

「大会はいつなの？」

「え、あー、再来週だよ。そこで負けたら俺の高校野球も、もう終わったようなもんかな。せめて一回戦は突破しないとなぁ。過去も今も弱小野球部だし、地区予選で敗退確実だけど、みんな気合いだけは十分だからさ。奏音ちゃんに応援してもらえたら勝てるかも」

「応援、するよ」

それは間違いない。きっと恭ちゃんが望んでいる内容とは違うけど。

応援してあげたい気持ちだけは、伝わってほしいと思って恭ちゃんを見つめると、彼はちょっと眉尻を下げてうなずいた。

「……うん」

それから家庭科室の鍵を閉めて、職員室に寄って学校を出ると、空には星が輝き始めていた。

「……綺麗だね」

見上げた空が澄んでいて、まだ薄く蒼の残る空と地上の境界線に吸い込まれそうになる。こうして見上げていると、なんだか自分がちっぽけなんだなって、そう思った。

空から視線を外して、恭ちゃんの方を見る。

「恭ちゃん、あたしさ、恭ちゃんの気持ちにはやっぱり応えられないけど、恭ちゃんとは友達でいたい。それって、やっぱり無理なのかな？」

恭ちゃんが切なそうな顔をして、あたしに接してくれることが苦しい。

言葉の一つ一つが、戸惑って悩んでいるようで、苦しそうで、胸が詰まる。

「……奏音ちゃん、もっかい、聞いても良い？」

すると、坂道を下りながら、恭ちゃんがこっちを振り向いた。

泣きそうな声で、聞いてくる。

「奏音ちゃんは、好きな人いる？」

あたしは、特別な人はいらないって、ずっと思っていた。

だって、好きになったとしても、恋人や家族になったとしても、いつかは別れが来るんだ。そんなの考えただけで辛くて、悲しいことだ。

でも、今となっては、違うかもしれない。

「好きな人がいるってさ、毎日楽しいんだよ。今日は元気かな、笑ってくれるかな、辛い思いしていないかな、泣いてないかな。って、頭ん中いっぱいになってさ、気になって気になって仕方なくて。だからさ、俺、奏音ちゃんを困らせたりしたくないんだ。最近、奏音ちゃんすっごく楽しそうに笑ってる。それってさ、誰かを想っているからなんじゃないかなって。俺、そこまでバカじゃないから、それが誰かなんて分かってる。だけどさ、ちゃんと奏音ちゃんの口から聞かないと、諦めきれない」

まっすぐに、恭ちゃんがあたしに向けてくれた言葉が心に刺さる。

夜風はやっぱりまだ少し肌寒い。

すり抜けていく風が、恭ちゃんの想いの詰まった言葉まで一緒にさらっていかないように、足を止めて、受け止めた。

でんぶちゃんマスコットを作りながら、あたしはずっと芹羽くんのことを考えていた。

芹羽くんが笑ってくれることが嬉しくて、一緒に泣いてくれたことが心強くて――

「やっぱり、あたし、まだ好きとか付き合いたいとか、よく分からないんだけど。きっと、あたしは、芹羽くんの特別になりたいんだって……気が付いた」

両手をギュッと握りしめて、あたしは恭ちゃんに向かってまっすぐに、目を逸らさず伝える。

一瞬だけ、歪んだ表情は、すぐにやわらかな笑顔になった。

「よく出来ました！」

ニカっと歯を見せて笑うと、恭ちゃんはすぐ目の前まで戻ってきて、あたしの髪をぐしゃぐしゃになるくらい撫でた。

「それなら仕方ないなー、奏音ちゃんの幸せが俺の幸せだからさ、そこは応援させてよ。で、その代わりっちゃなんだけどさ、野球の大会は、ぜひとも応援しにきてほしい」

いきなり、いつも通り元気いっぱいになって、恭ちゃんは静かな帰り道に響き渡るほどの声の大きさで喋り出した。圧倒されつつも、あたしは髪の毛を整え直して、恭ちゃんに相槌を打つ。

「あ、もちろん夢香も誘ったよ。あと絵奈と武人でしょ？　柚季ちゃんは日焼けするからパスってバッサリさっき断られたし」

あははと苦笑いする恭ちゃんに、あたしも笑ってしまう。

確かに、柚季ちゃんなら言いそうだ。

「芹羽のこと誘ってみてよ、奏音ちゃん。あいつ、俺が言ったたって完全無視だけど、奏音ちゃんの言うことなら聞くでしょ？　なんか知らんけどさー、奏音ちゃんにだけはめっちゃ心開いてんじゃんあいつ。くやしーことにさ」

「……そっか」

周りから見たら、芹羽くんはあたしに心を開いているように見えるんだ。それって、嬉しいな。思わず口角が上がってにまにましてしまう。

するといつの間にか恭ちゃんが黙り込んでしまっていた。

「あーあ、いいなぁ、芹羽」

ボソリと呟いた恭ちゃんは、深呼吸をしたあとに続けた。

「一年の時さ、昇降口の靴箱の名前が探せなくて焦ったたって話、前にしたことあったじゃん？」

「……うん」

「あの時ね、芹羽が教えてくれたんだよ。俺の靴箱の場所」

新学期、初めての学校の日。

あたしも芹羽くんに靴箱の場所を教えてもらったことを思い出した。

恭ちゃんは悔しそうな顔のまま、あたしを見て笑う。

「普通さ、入学早々にまだ顔も見たことないやつの名前なんて、一致しなくない？　よく分かったなぁってそん時は不思議でさぁ。芹羽、髪は明るく染めてるしめちゃくちゃイケメンじゃん？　こっちは誰だっけ？　ってなるでしょ？　でも、よくよく周りから聞いたら、同じ中学の芹羽だって言うしさ。分かってからはめっちゃ話しかけたんだよね。でもぜんっぜんダメ。だから、よっぽどだよ？　奏音ちゃん芹羽のことどうやって落としたんだよ？　やっぱその可愛さ？」

「え⁉　そんなわけないよ」

形は違えど、同じような傷をお互いに抱えていたから。だから、他の人には分からない心の内を見せ合えていることが、出来ているだけ。それだけ。だからこれを、恋とか愛とかって呼ぶのはたぶん違うんだと思う。

でも、そう言うと恭ちゃんはまたくしゃくしゃの顔で笑うだけだった。

それから、いつものように他愛ない会話をしながら、あたし達は家まで帰った。

家の玄関には、いつものように灯りがともっている。それはあたしが帰ってきた時に足元が見えるようにと、おばあちゃんがいつも点《つ》けていてくれる優しさだ。

玄関の前に立つと、中からはおばあちゃんと母だけにしては、やけに明るくて楽しそうな笑い声が聞こえてきた。

ドアを開けると、きちんと揃えて置かれた、見たことのないパンプスがある。

あれ、お客さんが来てる？

「ただいま」と、控えめに引き戸を開けると、ちょうど台所へ向かってきたおばあちゃんがあたしに気が付いてくれた。

「おや、奏音ちゃんおかえり。遅かったね、ご飯お先してたよ。早く手洗って奏音ちゃんも食べな」

「あ、うん。ただいま。おばあちゃん、誰か来てるの？」

おばあちゃんを追いかけるように台所へと入って、あたしは流しで手を洗う。

「スーパーで一緒に働いている子らしいよ。プレゼントを渡したいから、ご飯食べに来てって誘ったって」

「……え」

それって、もしかして。

居間への扉を開けると、すぐに母があたしに気がついて「おかえり」と言ってくれる。その向かいに座る人に、やっぱりあたしは見覚えがあった。

「春美ちゃん、うちの娘の奏音。誠くんと同級生よ。ほら、こちらはいつも話してるスーパーのパート仲間の芹羽春美さんよ、思い切って今日はご飯誘っちゃったの」

あたしを隣に座らせながら母が紹介してくれると、春美さんは驚いたような表情を見せたあとに微笑んでくれた。

「果穂さんの娘さんだったんですね。あの時はあんなところを見せてしまって、ごめんなさいね」

申し訳なさそうに謝る春美さんに、あたしは「いえ」と首を振った。

「え？　奏音、春美ちゃんのこと知ってるの？」

あたしと春美さんの会話を聞いて、母は困惑する。

春美さんはちょっと俯《うつむ》いて微笑んだ。

「この前ね、誠くんにお弁当はいらないって返されているところを、見られてしまって。恥ずかしいわ、果穂さんの娘さんだったなんて」

「そうだったの？」

あたしは小さく頷く。

「誠くんは、学校ではどんな感じ？　なかなか見えないところだから心配で……」

さっきまで明るく楽しそうに話していた雰囲気に影が下りる。春美さんに何か言おうとしたところで、元気なおばあちゃんの声が割り込んだ。

「デザートもあるからねぇ！」

それから、言葉は続かなかった。母が用意していたお祝いのフライパンにも春美さんは感激してくれて、母も満足そうに笑っていた。迎えに来てくれた旦那さんは、黒縁の眼鏡をしたとても優しそうな人で、雰囲気がなんとなく芹羽くんに似ている気がした。

ただ、春美さんに言えることをあたしは一つ知っている。

「……あの」

車に乗り込む寸前、あたしは春美さんを呼び止めた。

「芹羽くんも、ちゃんと話をしたいと思っているんです。本当は……だから……」

それでも、どう言ったら良いのか分からなくなって、言葉に詰まってしまった。そんなあたしに、春美さんが微笑んでくれた。

「ありがとう。ちゃんと、誠くんのタイミングを待って、話をしてみるわね」

「……はい」

車に乗り込んで、手を振る春美さんを見送る。

ちゃんと、気持ちが通じ合いますように。

そっと、完成したでんぷちゃんマスコットを両手で包み込んで、星に願う。晴れ渡った夜空はすっきりとしていて、星の輝きがより一層煌《きら》めいて見えた。

＊

いつも通り、恭ちゃんと夢香ちゃんと三人で学校にたどり着くと、教室の中に芹羽くんの姿を見つけた。彼が早く学校に来ている日は、いつも旧校舎にいるはずだから教室にいることに驚いてしまう。

「おはよう、芹羽くん！　早いね」

「おはよう」

とっくに準備も済んでいるのか、頬杖をついて窓の外を眺めていた芹羽くんに声をかけると、すぐに挨拶を返してくれた。

それからなんだか言いづらそうな顔で、芹羽くんが言う。

「昨日……」

「あ、うん、芹羽くんのお母さんがうちにきたよ」

「……やっぱり」

「うちのお母さんもあのスーパーで働いていてね、仲良くなったんだって」

ふーん、とあまり興味なさげに聞いている芹羽くんに、あたしは今すぐにでもでんぶちゃんを渡したい衝動を抑えて、こっそりと小声で聞いた。

「芹羽くん、今日また秘密の場所行っても大丈夫？」

周りを気にしながら芹羽くんの耳元で囁く。

「……っ、いいけど」

ガタッと椅子から立ち上がった芹羽くんは、あたしから離れると、そのまま教室を出て行ってしまった。

あ、あれ？　なんで？

芹羽くんの行動を不思議に思っていると、いなくなった芹羽くんの代わりに恭ちゃんが芹羽くんの席に座って、あたしに向き合った。

「なぁ、実はもう付き合ってるとかじゃないよね？」

「え？」

「……芹羽に言っといてよ、試合のこと！」

「う、うん」

ジトっとした目で見られたかと思えば怒ったように言って、恭ちゃんは自分の席に戻って行った。

しばらくして戻ってきた芹羽くんは、何も変わらずに黒板の方を向いて真面目な顔をしていた。

さて、いつも通りに部活を終えたあたしは、芹羽くんがいる音楽室を目指した。

そういえば、芹羽くんの連絡先は知らないままだ。

ふと、ポケットの中のスマホを握りしめて、そんなことを思った。

芹羽くんが音楽室にいなかったことはないし、とくに連絡を取れなくて困ったこともないから、聞いたことがなかったけど、今日思い切って芹羽くんに聞いてみよう。

一つずつ、芹羽くんのことを知っていけば良い。

そんなことを考えながら靴を履き替えていると「中村さん」と、名前を呼ばれた。

振り返ると昇降口の前に、芹羽くんが立っている。

「あ、芹羽くん」

「ごめん、待ってた」

その言葉に、急いであたしは芹羽くんのそばまで駆け寄った。

「え、いつから?」

「えっと……ちょっと前かな」

困ったように笑う芹羽くんに、また胸が高鳴る。

そこへ校庭側から元気な恭ちゃんの声が響いてきた。

「あーー‼　やっぱり奏音ちゃんのこと待ってたんじゃねーかよ、芹羽！　ふざけんな、ってか待ちすぎだろ。連絡とったりしてねーの？」

そうかと思えば、あっという間に恭ちゃんがあたしと芹羽くんの前までやってきた。

でも芹羽くんは、微妙な表情で首を傾げている。

「そーいうの、知らないし」

「は？」

「あ、あたし、ちょうど連絡先交換してほしいなって思っていたんだ。芹羽くん、良かったら……」

慌ててポケットからスマホを取り出すと、恭ちゃんが盛大なため息を吐き出した。不思議に思ってチラリと見上げると、今朝とおんなじジトッとした目を向けられる。

「芹羽、奏音ちゃんってさ、鈍いとこあるからぜひ頑張ってー」

ニコリともせずにそんなことを言って、恭ちゃんは一瞬だけ芹羽くんを睨んだ。それからまた校庭へと走って行ってしまう。

「……なんなんだろう……変だね、恭ちゃん」

そう言うと、芹羽くんは首を横に振る。それからちょっと緊張した表情になって言った。

「今からさ、スーパーに行こうと思っていて」

それって……

あたしが目を見開いて彼を見ると、芹羽くんはぎゅっと手を握り締めた。

「……情けないんだけどさ……中村さんについてきてほしくて、待ってたんだ。僕一人だと、またいつもみたいに反発してしまうんじゃないかって不安で……」

――今じゃないだろうか。

どんどん視線が地面へと下がっていってしまう芹羽くんに、あたしはリュックの中からでんぶちゃんマスコットを取り出した。

そして、地面と芹羽くんの真ん中を覗き込むように見せてみる。

「芹羽くん、これ！　お守りがわりにあげる」

下がっていた目線があたしに向けられて、不安そうに歪んだ眉がますます下がっていく。

だけど、最後には芹羽くんはまんまるな目をしてマスコットを見つめていた。

「完成したんだ」

そう言って受け取ってくれるから、嬉しくなる。

「うん。なんとか頑張ったよ。いっぱい、いっぱい、芹羽くんが頑張れますようにって願いも込めたからね。でんぶちゃんも応援しているよ！　だから、大丈夫だよ」

「……うん、ありがとう」

また俯《うつむ》いてしまった芹羽くんのことが心配になる。

だいじょうぶ、と聞くと、芹羽くんは眉尻を下げて首を横に振った。

「……ごめ……ん。なんか泣きそうになっちゃったよ。メンタル弱りすぎだな、僕。

ありがとう、頑張れるよ」

「うん」

校庭では野球部が片付けを始めていて、その中には恭ちゃんの姿もある。

その姿を遠目に見ながら、あたしは芹羽くんと校門まで並んで歩く。

「相楽《さがら》くんってさ、凄いよね」

芹羽くんの口から、恭ちゃんの名前が出るのは二回目。普段教室にいる時はほとんど周りと交わらないし、芹羽くんから誰かに話しかけることはない。

だけど、恭ちゃんは確かに毎日一言は芹羽くんに話しかけている気がする。話をするわけじゃなくて「おはよう」とか「じゃあな」とか「次移動？」とか、なんでもないことだけど。

「高校入学を機に、親への反発と自分への戒《いまし》めのために髪を明るく染めたんだ。もちろん、周りの奴らには最初は冷たい視線を向けられた。先生にも注意された。だけど相楽くんだけは違ったんだ」

遠くにいる恭ちゃんを見つけて、芹羽くんが立ち止まるから、あたしも立ち止まって恭ちゃんの姿を目で追った。

あたし達の存在に気が付いた恭ちゃんが、満面の笑みで大きく手を振る。

思わずあたしも手を振り返して、芹羽くんへ視線をあげた。その横顔が、また、泣きそうに、でも、どこか嬉しそうに微笑んでいた。

「相楽くんって凄いんだよ」

そう言って、芹羽くんはあたしの知らない恭ちゃんを教えてくれた。

「教室の中でいつも笑いが絶えないのは、相楽くんが周りを明るく楽しませることの上手な人だからなんだと思う。あの勢いにはなかなかのれないけれど、しつこいくらいに毎日毎日声をかけてきて——ちょっとだけ、嬉しい」

懐かしむように芹羽くんが笑うから、あたしまでなんだか嬉しい気持ちになった。

「うん、恭ちゃんのいいところって、へこたれないとこなのかもしれない」

ふふ、と湧き上がる笑いを漏らして、あたしはまた恭ちゃんへと大きく手を振った。

今度は両手で体全体を使って手を振ってくるから、思わず「あはは」と声が出てしまう。

気がつけば、隣にいる芹羽くんまで笑い出していた。

「中村さんといると、どうしてこう、今まで見てきたものと同じ風景なはずなのに、楽しいんだろう？　僕、中村さんと一緒にいられて、すごく嬉しいんだ」

笑顔の芹羽くんに、ドキドキと胸が高鳴っていく。

芹羽くんもふと顔を赤くさせて、でんぶちゃんマスコットをあたしの目の前にぶら下げた。

「よし、頑張ろう！　『よろしくね、桜の妖精さん』」

それは『桜の君』のセリフだ。

おかしくなって、ふっと噴き出してしまう。

「……もう二度と言わないいんじゃ、なかった？」

「言いたかったんだよ、それだけ！　さ、行こうっ」

くるりと背を向けた芹羽くんの耳が、また赤く染まっている。

芹羽くんは、『桜の君』の熱烈ファン過ぎるんだ。あたしが今まで唯一恋をしたと言えるのは、『桜の君』に出てくるヒーローだ。あんな人がいたら、好きになるに決まっている。

恋をするなら、こんな人がいい、なんて、ワクワクドキドキしながら漫画を読んでいたことを思い出す。

なんだろう……やっぱり、この気持ちはそれととても、似ている気がする。ううん。

それ以上に。

「中村さん、僕と出逢ってくれてありがとう」

あたしは、芹羽くんのその笑顔が、大好きだ。

そっか、好きなんだ。

あたしは、芹羽くんのことが。うん、好きなんだ。

「あ、ＩＤ教えるよ」

「うん！」

ストンッと落っこちてきた素直な気持ちに、あたしは振り返った芹羽くんを追いかけた。


「そろそろパートの時間終わる頃なんだよね」

こそこそとスーパーの裏口辺りをさっきから二人でうろうろしていると、従業員の人に不審そうに見られてしまう。

運よく母が出てくれれば芹羽くんのお母さんを呼んでもらえるのだけれど、なかなか都合良くは出てこない。だけど、ちゃんと芹羽くんが春美さんの仕事終わりの時間を把握している辺り、彼はそこまで春美さんのことを嫌っているわけではないんだろう。

そわそわと落ち着かなそうな芹羽くんから少し離れて、あたしはふと別方向へと視線を向けた。

その先に、春美さんの姿を見つけた。

——あれ？　まずい、もう帰る直前っぽい。

車の運転席、スーパーの駐車場から出て行こうとしている姿を見つけて、思わず芹羽くんを置いて走り出してしまった。

夕食前のスーパーは出入りがスムーズには行っていなくて、まだ春美さんは駐車場から出口まで辿り着いていない。

急げば間に合うかも！

あたしは先回りして出口へ向かった。

ちょうど辿り着いた瞬間に、春美さんの車がやってきた。あたしは運転席に向かって思い切り身を乗り出して手を振った。幸い、春美さんはすぐに気が付いてくれて、出口を出てから少し先でハザードを付けて停まってくれた。

「奏音ちゃん？　驚いた。どうしたの？」

車から降りて来た春美さんの視線は、すぐにあたしを通り越して後ろに留まる。

「……誠くん？」

その言葉にあたしも振り返った。あたしを追いかけてきたらしい芹羽くんがそこにいた。

「とにかく、二人とも車に乗って。そこに停めていると邪魔になっちゃうし」

芹羽くんと焦っているあたしを見た春美さんは、そう言ってあたしの手を引いてくれた。

後部座席に乗り込んだあたしと芹羽くんを乗せて、春美さんが車を走らせる。

「ごめんね、突然連れ去っちゃって」

バックミラー越しに目が合って、あたしは「いえ」と首を横に振った。

辿り着いたのは新築の家が立ち並ぶ街の中心。以前はこの辺りはみんな田んぼだったのが、今となっては造成されて多くの住宅や病院関係の建物が並んでいる。

生活するのに困らないくらい便利な街へと変わっていた。

それから五分ほどで、一軒の真新しい二階建ての白い壁のお家の駐車場に、車は停まった。

車から降りながら、春美さんが後部座席を覗き込んだ。

「奏音ちゃん、うちに寄って行って。果穂さんには連絡入れておくから。誠くん、奏音ちゃんに夕飯食べて行ってもらっても、良いかな？」

「……別に」

ああっ。芹羽くん、そんな顔するんだ……

見たことのない子供っぽい表情で眉を顰《しか》めて俯《うつむ》く芹羽くんに、困ったように苦笑いしながら、春美さんはあたしに微笑んだ。

「あたし先に中片付けてくるね、ゆっくりしていって、奏音ちゃん」

運転席のドアを閉めると、春美さんは玄関から家の中へと入っていった。

車から降りて芹羽くんを見ると、なんとも情けない顔をしている。

でんぶちゃんをつついて応援すると、芹羽くんが玄関を開けてくれた。

天井が二階まで吹き抜けた広い玄関に、足を踏み入れた途端に感動する。

「うわぁ、素敵なお家」

思わず声に出してしまうと、スリッパを用意してくれた春美さんが微笑んでくれた。

リビングに通されて、ソファーに座る。目に入るものがみんな可愛くて素敵で、思わずキョロキョロと見回してしまう。

そのうち、春美さんはキッチンで何やら作業をし始めた。芹羽くんは二階に上がって行ってしまって、あたしはリビングにポツンと一人になる。

うん、なんだか、気まずい。

スマホを触るわけにもいかず、もじもじとしているとキッチンからエプロン姿で顔を覗かせた春美さんが手招きをしてくれた。

「あら、奏音ちゃん一人にしちゃっていてごめんね。……そうだ、良かったら手伝ってくれない？」

その言葉につられてキッチンへ向かうと、すっかり下準備の整った材料が並べられていた。

「今日はね、春巻きを作ろうかと思っていたの。一緒に巻きましょう」

「春巻き……って、買うものじゃないんですか？」

お惣菜コーナーによく並んでいるのを思い出す。

「え……あぁ、たしか果穂さんは料理があまり得意じゃないって言ってたし、作ったりしたことなかったかな？」

母ならそうだろうな、と思いつつあたしは激しく上下に頷いた。

春美さんがくすくすと笑う。

「ふふ、そっか。作った方が具沢山だし、数もたくさん出来るし簡単よ。教えてあげるから、やってみよう」

くっついていた春巻きの皮を一枚一枚剥がしながら、あたしの分を分けてくれる。

これに材料を巻いていくのか……ん？　これって、芹羽くんも一緒に出来たら楽しいかも。

そう思って、あたしは一度作業の手を止めて、春美さんを見上げた。

「あたし、芹羽くん呼んできます。一緒に作りたいです」

「あ……うん、そうだね」

春美さんの不安そうな顔に一瞬ためらってしまうけど、あたしは階段の下から二階に向かって芹羽くんのことを呼んだ。

すぐに顔を覗かせた芹羽くんに、手にしていた春巻きの皮を見せる。

「芹羽くん、一緒に作ろうっ。あたし不器用だから、手伝ってほしいんだけど……」

なんとか理由をつけて言ってみる。芹羽くんが誘いに乗ってくれるのか心配になったけど、すぐに芹羽くんは階段を降りてきてくれた。それから、あたしの目の前まで来て困ったように笑う。

「ごめん、逃げたりして。手伝うよ。絆創膏、用意しとく？」

「え⁉」

「ふふ、いらないか」

不安な気持ちが入り混じった笑顔。

だけど、あたしのことをからかう余裕があるのなら、きっと大丈夫だ。

「春美さんっ、連れてきました！　どうやったら良いですか？」

キッチンにあたしと芹羽くんが並ぶと、春美さんの瞳が揺れて、すぐ優しくなった。

リビングに材料を運んで、あたしと芹羽くんは不恰好な春巻きを巻く。

楽しくて、いつの間にか芹羽くんと春美さんの距離も近くなった気がしてきた頃、芹羽くんのお父さんが帰ってきた。

揚げたての春巻きをお皿に並べる。あたしと芹羽くんが春巻きを巻くのに手こずっていた間に、春美さんが手早く用意していた他のおかずも彩りよく並ぶ。

「奏音ちゃんは誠と友達だったんだね。すごく嬉しいよ。学校でこんな可愛い友達作れてるなら、父さんは安心だよ、誠」

「……別に」

あははと笑うお父さんに対して、芹羽くんは無表情でボソリと呟くから、一瞬会話が途切れて静かになる。

「誠くんと奏音ちゃんが作ってくれた春巻きですよ。二人ともとても頑張ってくれたの」

空気を取り戻そうと、春美さんが春巻きを芹羽くんのお父さんへすすめる。

「そうか、美味いよ。とっても」

嬉しそうに、パリッと音を立てて春巻きを食べてくれる芹羽くんのお父さんの笑顔に、あたしは嬉しくなった。

「……もうさ、そこにいて、当たり前なんだよな……」

その時、不意に、芹羽くんがポツリと呟いた。

その声が少しだけ震えている気がして、あたしは隣にいる芹羽くんの方へと視線を向ける。

芹羽くんは、ぐっと顔を上げて春美さんを見つめていた。

「……あんたの事、受け入れたくなんてなかった。母さん以外の母親なんて、考えられなかったから」

小さなため息を吐き出す芹羽くん。続く言葉を、息を呑んで待つ。

「それなのに、あんたはズカズカと僕の心に踏み込んできて……ズカズカ踏み込まれてるのに……僕は、それが自然と嫌だと思わなくなっていて……。僕にとっての母さんは、母さんだけだと思っていたのに……」

膝の上で握りしめた手が震えている。必死に涙を堪《こら》えようとしているのか、唇を噛み締めている。頬を伝っていく雫がぽたり、顎からまっすぐに落下した。

「誠くんのお母さんは、咲子《さきこ》さんよ」

春美さんが箸を置いて、芹羽くんのことをまっすぐに見つめた。

ゆっくりと、噛んで含めるように芹羽くんに言う。

「だってね、お腹の中で大切に大切に育てて、痛い思いをして産んでくれたのは、咲子さんだもの。あたしは、誠くんを産んだわけじゃない。十四歳までのあなたを知らない。だけどね、あたしはこれから先、一生あなたのお母さんになるって決めて、ここへ来たの」

春美さんの瞳が潤んでいく。それを見た芹羽くんが目を見開いた。

「だからね、これだけは覚えていてほしい。あたしは、この先何があったとしても、誠くんのお母さんだって、胸を張っていれるように頑張っていくから……だからね、どうか、これからも、よろしくお願いします」

春美さんが頭を下げて、肩を揺らす。芹羽くんのお父さんが、その肩に手を添えた。

芹羽くんや春美さんの涙に、あたしももらい泣きをしてしまった。

春巻きはとても美味しくて、優しい味がして、少し、しょっぱく感じた。

素直になれた芹羽くんと春美さんのお互いの気持ちが重なり合って混ざり合う。きっと、これから三人は幸せに暮らせる。そんな気がした。

それから、みんなで夕食を食べ終えた。

春美さんに「また一緒にお料理しましょうね」と見送られて、芹羽くんと芹羽くんのお父さんにあたしは車で送ってもらった。「ありがとうございました」と頭を下げて車を降りる。

助手席に座り直した芹羽くんの表情は晴れやかだった。

もう、大丈夫。言葉にしなくても、そう感じた。

あたしは玄関を開けて、母とおばあちゃんに「ただいまー」と言って、元気に家の中へと入って行った。

その夜、お風呂上がりに部屋に戻ったあたしは、縁側から空に浮かぶ月を見上げていた。

金色のような、白っぽいような、ぼやける輪郭が眩しい。今夜の月は、満月に近いのかもしれない。

ぼんやりと眺めていると、部屋からスマホが鳴る音が聞こえた。

スマホを手に取って廊下に座る。ひんやりする感触が火照《ほて》った体に心地いい。

画面を確認すると、表示された名前にトクンと胸の中で何かが跳ねた。

『今日はありがとう。また明日』

シンプルな文体が芹羽くんらしくて、嬉しくなる。また明日会える。

毎日芹羽くんと会えるんだと思うと、嬉しくなる。

『好きな人がいるってさ、毎日楽しいんだよ』

恭ちゃんが言っていたこと。こういうことだったんだって、分かった気がする。

ギシッと廊下の軋む音がして、母が手に棒アイスを持ってやってきた。

「あ、奏音。まだ起きてた」

「これ、食べない？」

「あ、うん、食べる」

オレンジ味の棒アイスを受け取ると、母はあたしの隣に座った。

「春美ちゃんちのご飯、美味しかった？」

「うん、一緒に春巻き作って食べたの。楽しかったし、美味しかった」

「え！　春巻きって作るものなの？」

驚く母に、あたしも同じ反応をしたことを思い出して、笑ってしまった。

「あたしもそう思った。今度一緒に作ろうよ」

「……うん、そうだね」

空の月明かりに気が付いた母の視線が上を向いたまま、無言になる。

棒アイスはあっという間に棒だけになった。今夜は風もなくて静かな夜だ。

「お母さんさ、料理は下手だし仕事もこれと言ってやりたいことをやっているわけじゃないし、旦那には見放されるしで、なーんか人生上手くいかないことばっかりなんだよね」

そう言って母が、見上げていた視線をあたしへと向ける。

「だけどさ、上手くいかなかったり失敗したりしたって、それはみんな人生の通過点に過ぎないんだよね。出逢いがあれば、別れもある。だけど、それは決して終わりじゃない。別れがあるから、また先へと進むための出逢いもあるし、そうやってさ、巡り巡っていくから、人生って面白いんじゃないかなって、ようやく思えてきたの」

別れがあるから、また先へと進める。

微笑む母は、あんなに泣いていた頃の顔つきとは全然違って見えた。

頼りなく、自信がなさそうに笑う笑顔。あたしはその顔を見るのが悲しくて辛かった。

だけど、今隣にいて笑っている母の表情は、なんだかとても明るく見える。

「奏音も、高校生活楽しんでね。後悔しない人生なんてないんだから。大丈夫、失敗だってしてみなきゃ、何が悪かったのかも分からないままなんだし」

「……そっか」

母の言葉に、素直に納得してしまう。

「いいのよ、失敗を恐れていたら、なんにも出来ないしつまらないんだから。――よしっ、明日も朝早いんでしょう？　お母さんもお風呂に入って寝るね。おやすみ」

ゆっくり立ち上がった母は、あたしの食べ終えたアイスの棒を手から取ると、笑顔で行ってしまった。

母が笑顔でいてくれることが、嬉しい。やっぱり、弱くなんてない。母は強い人だ。

あたしも立ちあがって、うんと背伸びをする。

明日、恭ちゃんとの待ち合わせ場所で、あたしの方が早く待っていよう。

いつも待たせてばかりだった。夢香ちゃんと野球の試合の話をしよう。柚季ちゃんと恋の話をしよう。芹羽くんに、笑顔になってもらおう。もっともっと、みんなのことが知りたい。

あたしはまだ、みんなの半分も知らない気がする。

第七章「秘密と決意」

「おはよー！　恭ちゃんっ」

「ええ!!　奏音ちゃん？　早くない？」

家の前、少し歩いた標識の前で待っていると、あたしの姿に気が付いて走ってきてくれた恭ちゃんに驚かれた。

いつもは待たせてしまっていたから、当たり前の反応だ。

それでも、なんだか浮き立った気持ちで歩いていると、恭ちゃんからため息が溢れた。

「……奏音ちゃんさ、芹羽とうまくいったの？」

「え」

「昨日二人して仲良さげに帰って行ったし、雰囲気がもうなんかさー、今だってめちゃくちゃ幸せそうな顔しちゃってるし、ダダ漏れだよ？　なんか、へこむわー」

「え!?　あ、いや。幸せなのはあたし一人だけで。芹羽くんはなんとも……」

うん、なんとも思っていないと、思う。

頷くあたしに、またため息が聞こえてくる。

「芹羽って何考えてるかわかんねーしな、まぁ、ないだろうけど、フラれたら俺はいつでもウェルカムだからね！」

両手を広げて、おいでと言わんばかりに見つめられるから、あたしは「あはは」と苦笑いをして恭ちゃんの後ろへ視線を逸らして駆け出す。

「あ！　夢香ちゃん、おはよう！」

「おっはよう！　何やってんの？　恭太は」

いつもの木の下で待っていた夢香ちゃんは、あたしの後ろでさっきのポーズのまま立ち止まっている恭ちゃんのことを冷めた目で見た。

「野球の試合の日さ、何時集合にする？」

あたしが話題を切り出す前に、夢香ちゃんが楽しそうにスマホを取り出してカレンダーを確認している。

「試合何時からだっけ？　恭太ぁ」

「……九時だよ。俺らは八時にはもう球場入ってる」

いつの間にか追い付いていた恭ちゃんと並んで坂道を歩く。

なんやかんや言っても、二人はやっぱり仲がいい。

試合の予定を聞いていたはずが、夢香ちゃんが昨日校庭で激写した恭ちゃんの空振りした時の顔を拡大して、そのすっとんきょうな表情に大きな声で笑っている。

あたしはそんな二人をそばで見ているのが楽しい。

教室まで行くと、すぐに芹羽くんの姿を見つけてあたしは自分の席に駆け寄った。

「おはようっ、芹羽くん！」

「おはよう」

あたしの勢いに少し驚きながらも、芹羽くんは微笑んでくれた。よっし、朝一の微笑みゲットだ！　今日も頑張れる！

心の中でそんなことを思いながらも、表には出さないように冷静に椅子に座ろうとした瞬間、机の脇に掛かっている芹羽くんのリュックに視線が留まった。

至ってシンプルな真っ黒のリュックは、学校指定のデザインなんだけど、そこに付いているのは――

「あ‼　それっ！」

あたしよりも先に声を上げたのは、さっき一緒に教室に入ってきた恭ちゃんだった。

芹羽くんの横を通り過ぎようとして立ち止まった恭ちゃんの目線は、芹羽くんの机の脇に落ちている。

たぶん、手作りでんぶちゃんマスコットが付いていることに、恭ちゃんも気が付いたんだ。

「やっぱりじゃねーか！　もう確定だろ！　ふざけんなっ、芹羽ぅ」

半泣きの恭ちゃんに訳もわからず責められる芹羽くんは首を傾げて眉を寄せる。そのまま自分の机に行ってしまった恭ちゃんのことを気にしつつ、芹羽くんがこちらを向いた。

「……それ、付けてくれたんだね」

あたしが芹羽くんのリュックに視線を落とすと、ハッとして芹羽くんの頬が赤くなった。

「あ、嬉しかったから」

「ごめんね。もうちょっと上手だったら良かったんだけど……でも、ありがとう」

「ずっと見てても飽きないし、なんかもう可愛くて、可愛くて……って……気持ち悪いよね」

シュンとしてしまう芹羽くんが煌《きら》めいて見えてしまう。あたしの作ったあんな不出来なでんぶちゃんを可愛いだなんて。なんて芹羽くんは優しいんだろう。気持ち悪いなんてとんでもない！　嬉しすぎる！

そして放課後、あたしはもう一つのでんぶちゃんを完成させたくて、早めに家庭科室へと向かう準備をしていた。

あたしもはやく自分のバッグにでんぶちゃんを付けたいな、なんて。

お揃いとか、しちゃっても良いのかなぁ。

思わず口元が緩んでニマニマしてしまいそうになる頬を、両手で挟み込んだ。

柚季ちゃんはもう来ているかな。もう少し効率の良いやり方を聞いて、もう一個は前より早く作りたい。

そう思って開いていたドアに近づくと、中から声が聞こえてきてあたしは思わず足を止めた。

家庭科室の教壇前で並んで話をしているのは、柚季ちゃんと芹羽くんだ。

見間違いなんかじゃない。仲良さげに話をしている姿にぎゅっと胸が痛んだ。

柚季ちゃんは、また芹羽くんに何かを手渡している。

「鍵、ありがとう」

「いいえ」

咄嗟に隠れてしまって、家庭科室を出て行く芹羽くんの後ろ姿を見送る。

鍵って……旧校舎の鍵のこと？　どうして、柚季ちゃんが？

そう言えば、前にも二人が何かをやり取りしている姿を見たことがあった気がする……

思い出して苦しくなる。胸が痛くて、湧き上がるどうしようもない感情が涙腺をヒリヒリとさせる。今まで感じたことのない不安に、心が押しつぶされそうになった。

柚季ちゃんの顔がうまく見れないまま、あたしは静かに家庭科室に入って準備をし始めた。

「奏音ちゃん幸せそうだねぇ」

「うわ！　柚季ちゃん⁉」

ヌッと突然現れたのは淡いピンク色のシフォンレースリボンを付けた柚季ちゃんだった。さっきの映像が頭によぎり、あたしはドクドクと飛び跳ねる心臓をなんとか抑えつける。

「奏音ちゃんの本命は芹羽くんだったのねー」

ふーん、と興味があるようなないような顔で柚季ちゃんは向かい合って座った。それからこてんっ、と首を傾げる。

「芹羽くんって、ピアノ上手だよね」

「え」

「……あれ？　知らない？」

「あ、いや、」

芹羽くんの秘密の場所。あそこでピアノを弾いているのは誰にも内緒なはずだ。なのに。どうして柚季ちゃんが知っているの？　やっぱり、さっき柚季ちゃんが渡していたのは、旧校舎の鍵なのかもしれない。

胸の中で、ますます不安が渦巻き始める。

「今度、弾いてもらうといいよ。絶対に内緒なんだけどね、芹羽くん旧校舎の音楽室出入り自由にしているから」

あたしの耳元、口の横に手を当てて周りに聞こえないように小声で囁かれて、あたしは動きを止めた。

なんで、と聞こうとしても言葉が出なくて、柚季ちゃんはウインクをして自分の作業へと戻っていってしまう。

さっき渡していた鍵。芹羽くんの秘密を知っている柚季ちゃん。

じゃあやっぱり、あれは旧校舎の鍵で間違いない……

――あれ、あたし、今何をしようとしていたんだっけ？

目の前に置かれたフェルト生地と裁縫道具が視界に入っているのに、手が動かない。

頭の中でぐるぐる回るのは、どうして？　という疑問と不安だ。

柚季ちゃんも、芹羽くんの秘密を知っているんだ……あたしだけが、特別なんだって、勝手に思っていた。

あんなに張り切って家庭科室に来たはずなのに、気がつけば時間だけが過ぎていて、フェルトを型取っただけで今日の作業は終わってしまった。

柚季ちゃんはいつものように「またね」と先に帰って行った。

あたしは一人、あとから昇降口へと向かう。

昇降口には恭ちゃんと夢香ちゃん、それから芹羽くんの姿があった。

あまり見ない組み合わせに、あたしは驚きながらもゆっくり近づいた。

一番初めにあたしに気が付いたのは、いつものごとく恭ちゃんだった。

「あ！　奏音ちゃんお疲れーっ、今、今度の試合に芹羽のこと誘ってたんだ。で、俺まだ着替えてないからちょっと待っててくんない？　ダッシュで戻ってくるから」

そう言って慌ただしく動きだすと、まだ野球のユニホーム姿だった恭ちゃんは外へ出て行ってしまう。

「芹羽くんがこんな喋ってるの初めて見たわ、あたし」

その隣で感動すらしているような顔で夢香ちゃんが笑っていて、芹羽くんは苦笑いしていた。

「中村さん、野球の応援に誘われたから、僕も一緒に行ってもいいかな？」

「あ、うん」

ぎこちなく頷く。

なんでだろう。嬉しいのに、なんだか今は、素直に喜べない。

そんな中、夢香ちゃんがパッと芹羽くんのリュックを指さした。

「あれ？　それってさぁ。なんだっけ？　めちゃくちゃ見覚えあるんだけど……」

「『桜の君』のでんぶだよ」

「あ！　そうそう！　これ、手作りだよね？　もしかして柚季から⁉　にしては、ちょっと不恰好だけど……」

そう言われて、頬が熱くなる。芹羽くんも視線を地面に落とした。

そんなあたしたちの空気感を感じ取ったらしい夢香ちゃんは、瞳を大きく見開いた。

「もしかして、奏音ちゃんの手作り……？」

夢香ちゃんの言葉に、一気に顔に熱が上がる。恥ずかしくて、前を向けない。

やっぱり、芹羽くんにあげなきゃよかった。

柚季ちゃんみたいに上手くもないのに、芹羽くんがリュックにつけてくれていたことが嬉しくて舞い上がっちゃっていたけど、なんだかすごく、惨めな気分になる。

さっき、柚季ちゃんから聞いた言葉も相まって、なおさらに。

あたしは、芹羽くんの特別なんかじゃないし、少しでもそうなんじゃないかって思っていたことが、恥ずかしい。

「え、と。ごめん、あたし用事あったんだ、早く帰らなきゃなくて。先、帰るね」

だめだ、このままじゃ泣いてしまう。

急いで、二人のことも見ないで靴を履き替えた。

呼び止められた気がしたけれど、振り向かずに走る。

校門まで来て、あたしは大きく息を吸い込んだ。

吐き出すと同時に、湧き上がってきた涙が次々溢れてきて、どうしようもない。まだ周りには帰る生徒がいる。咄嗟に、旧校舎の音楽室へと足が向かった。

伸び始めた草をかき分けて、非常扉の前まで辿り着くと、あたしはコンクリートの段差に座り込んで一気に泣いた。

ぼろぼろ涙がこぼれて、喉が嗄《か》れて、空を見上げる。

夕暮れ。オレンジ色の空はまだ明るくて、あたしを照らしてくれていた。

気持ちが不安定なのは、やっぱりあたしの心が周りに追いついていないからなんだろう。こんな些細なことでも、あたしは母みたいに「これはただの通過点だ」と受けとめることが出来ない。

たくさん泣いて、頭がぼうっとする。

酸素がうまく回っていかないんだ。

そもそもあたしは、なんで泣いていたんだっけ?

それすら考えられなくなるくらいに泣き疲れていた。

ポケットの中で何度も振動していたスマホも、ようやく黙り込んだ。

きっと、夢香ちゃんや恭ちゃんだ。もしかしたら、芹羽くんからも来ているかもしれない。そうは思いながらも、通知を見る余裕もないまま、ハンカチで顔を拭った。

その時――

「中村さん……？」

足音と一緒に聞こえてきたのは、顔を上げなくても分かる――芹羽くんの声だった。

「よかった。やっぱりここにいた」

探してくれたのかな。

そばに来て隣に座る気配を感じたけれど、あたしは顔を上げられない。

「……何か、あった？」

探るように聞いてくる芹羽くんに、あたしは首を横に振る。

「……野球の大会、僕は行かない方がいい？」

どうしてそんなふうに思うのか。そんなわけがない。あたしはまた、首を振る。

「相楽くん、中村さんが先に帰ったって言ったら、戻ってきてすぐに追いかけて行っちゃったよ。今頃まだ探しているかも。連絡してあげてよ」

きっと、芹羽くんは今笑顔なのかもしれない。だけど、あたしにはその顔を見ることが辛い。

この気持ちは、なんなんだろう。

あたしだけが知っていたと思っていた芹羽くんの秘密を、柚季ちゃんも知っていたから？

あたしは芹羽くんの特別なんかじゃないって分かっているはずだったのに、どこかで期待してしまっていたんだ。

だから今、それが崩れてしまって、悲しくなったんだ。

「僕は、中村さんの力になってあげることは出来ないのかな？」

隣から聞こえてくる言葉が優しくて、怖くて、また湧き上がって来てしまう涙を拭う。

芹羽くんの声が悔しそうなものに変わった。

「僕ばっかり助けられていて、中村さんが困っている時に何も出来ないとか、なんか、カッコ悪いよね」

小さく吐き出されたため息。

芹羽くんはカッコ悪くなんかない。そう言いたいのに、声は上手く出なかった。

「ちょっと、斉藤さん呼んでくるね。女の子同士の方がいいと思うし」

結局、立ち上がって、芹羽くんは行ってしまった。放っておいてもあたしは大丈夫なのに。

少しの時間が経って、目尻に残っていた涙が頬を伝う。

「奏音ちゃん⁉」

夢香ちゃんの声が聞こえた。

本当に、呼びに行ってくれたんだ。顔を上げると、夢香ちゃんがキョロキョロと辺りを見渡しながらあたしに近づいてくる。

「なんでこんな暗いところにいるのよぅ……っわ！」

ガサガサと、風が出てきて草が揺れる。

夢香ちゃんは小さく身を縮ませて、恐る恐るあたしの隣に座った。

「もしかして、夢香ちゃんって暗いのとかお化けとか苦手？」

「きゃ――‼　やめてよ！　お化けとか言わないで！　本当に出たらどうするのよ」

怯えながらも怒る夢香ちゃんに、いつも元気いっぱいで逞《たくま》しい夢香ちゃんの意外な顔を知れて、なんだかこんなときなのに嬉しくなる。

ふふ、と笑うと、夢香ちゃんがわざとらしく頬を膨らませた。

「わ、笑わないでよー！　奏音ちゃんは平気なの？」

「まぁ、真っ暗なら怖いけど、このくらいなら」

全然平気と笑って見せると、夢香ちゃんがようやく笑顔になった。

「で、なんで泣いたの？　やっぱあたしのせいだよね？　ごめん」

「え⁉　どうして？」

突然謝られて、あたしは戸惑ってしまう。

「だって、さっきあのマスコットのことちょっとバカにしちゃった感じだったし。奏音ちゃんが一生懸命作ってくれたって芹羽くんに怒られちゃったよ」

「……え、芹羽くんが？」

怒った？　まさか。

目を瞬かせると、ほんとほんと、と言って夢香ちゃんが頷いた。

「もしかしたら、それで悲しくなったのかもしれないからちゃんと謝って来てって。で、よく見て可愛いからって、めっちゃじっくり見せられてさー、でも見れば見るほどアラが……って、やっぱごめん」

あははと笑う夢香ちゃんを、あたしは何も言えずにジトっと見るしかない。

「でもさぁ、芹羽くん本気で褒めてたよ。針で指怪我しながらも一生懸命縫ってくれて、僕を励ましてくれたものだから大切なんだって。自慢されちゃったー、何、いつの間に二人付き合ってたの？　教えてよね」

呆れたように笑う夢香ちゃんの最後の一言に、あたしは驚いて首を思いっきり左右に振った。

「つ、付き合ってないよ!!　あたしの片想いだよ。だって、柚季ちゃ……」

あたしはそこまで言って、口に手を当てて黙った。

「……ん？　柚季が、どうした？」

聞き返されても、あたしは小さく首を振る。何か答えが返ってくるのを待っている夢香ちゃんに、あたしがいつまでも答えずにいると、大きなため息が聞こえてきた。

「柚季がどうしたのかは分からないけどさ、なんか誤解してるなら、早めに解いておいた方がいいよ？　こういうのって拗《こじ》らせるとめんどくさいんだわ。あたし経験済みだから言うけどさぁ」

立ち上がってスカートの埃をはらうと、夢香ちゃんが手を差し伸べてくれた。

「明日、柚季と話しなよ。あたしついててあげるから」

「……うん」

頷いたあたしに、夢香ちゃんはよしよしと頭を撫でてくれた。

柚季ちゃんがどうして芹羽くんの秘密を知っているのか、聞きたいことはそれだけ。

あたしが知らないだけで、二人は仲が良いのかも知れないし、不思議なオーラを持つ大人びた柚季ちゃんとなら、同じくあまり自分を出さない芹羽くんはお似合いのような気もする。

もしかしたら、もうとっくにお付き合いしているってことだって有り得る。

頭の中は不安でいっぱいで、勝手に二人のことを想像してしまって落ち込んでいった。

次の日の朝、恭ちゃんから「昨日はどこにいたの」と聞かれても、あたしは上の空だった。あたしを元気付けようと面白い顔をしていても、全然笑えなくて。

「やめな、恭太。あたしがなんとかするから」

結局呆れるように、夢香ちゃんがあたしにしつこく付きまとう恭ちゃんを止めてくれた。

「なんだよ、俺は奏音ちゃんの役に立ちたいの！」

「役に立ってないんだって！　あんたは野球のことだけ考えてな！　負けるよ？」

「うっわ！　ひっど！　言っちゃダメでしょ、役立たずとか負けるとか。めちゃめちゃ心エグられたんだけど」

「とにかく、また放課後にね」

夢香ちゃんと別れて教室に入ると、今日も芹羽くんがもう席に着いていた。

恭ちゃんが先に挨拶をして話しかけている。

相変わらず、芹羽くんはクールで笑わないけれど、心の中では芹羽くんが恭ちゃんの挨拶を喜んでいるって知っている。だけど、そんなのは全然特別なんかじゃなくて、あたしが芹羽くんのことを分かったみたいに思っているだけなのかもしれない。

ふと、机の横。芹羽くんのリュックに視線を落とすと、昨日はあったでんぶちゃんマスコットがなくなっていた。

ずきん、と胸が痛くなる。

あたしのせい、なのかな。

「おはよう」

控えめに、芹羽くんと目を合わさずに声だけかけて、あたしは椅子に座った。

「おはよう、中村さん……まだ、元気ないね？」

「あ、大丈夫。気にしないで」

芹羽くんの顔を見るのが辛くて、あたしは教科書を出しながら軽く言った。

無意味に机の中の整頓をして、それ以上話しかけないでほしいとアピールをする。

それから一日中、芹羽くんの方は見なかった。


放課後、夢香ちゃんが先に柚季ちゃんと連絡を取ってくれていた。

ホームルームが終わってすぐ、部活の始まる前に家庭科室に集まる。

昨日からずっと悩み続けていた。どれが正解かも、間違いかも分からないし、考えれば考えるほど悪い方向にしか思考が働かない。でも、せめて最悪のシナリオを描いておけば、きっと真実を知ってもダメージは少ないだろうと、最終的に二人が付き合っていると思い込むことに至った。

意を決して、あたしは家庭科室のドアに手をかける。

「あはははは‼　それいいね！　ウケる」

「いや、こっちは絶対ナシじゃない？」

そんな決意の中、目に飛び込んできたのは、大口を開いて転がる勢いで笑っている夢香ちゃんと、テーブルに並んだものを見てしかめっ面の柚季ちゃんだった。

予想もしなかった光景に、あたしは呆気に取られた。

「あー、来た来た！　奏音ちゃんこっち！」

夢香ちゃんがあたしに気がついて手招きをする。

「見てよこれ！　柚季コレクション」

「あたしじゃなくて、おじいちゃんよ」

「あー、そうだったね」

テーブルに並んでいるのはさまざまなリボン。柚季ちゃんが毎日違うリボンを三つ編みした髪に付けて登校しているのは知っていたけど、すごい数だ。

そして、可愛いものから、かっこいい、ギラギラ、もはやグロいリボンまで多種多様が並んでいる。

拍子抜けして、覚悟までどこかに飛んで行ってしまいそうになる。

でも、そんなあたしを見つめつつ、夢香ちゃんが椅子を勧めてきた。

「なんかごめん。とりあえずリボンはいいとして、あたしは一旦黙るから。話して、奏音ちゃん」

困った視線を向けてみるけれど、夢香ちゃんはリボンに夢中だ。

小さくため息をついて、あたしは柚季ちゃんに切り出した。

「……あ、あのさ、どうして柚季ちゃんは芹羽くんの秘密を、知っていたの？」

あたしが聞いた言葉に、一瞬柚季ちゃんの体が強張《こわば》って固まった気がした。

先ほどまでの陽気な雰囲気から一変して、気まずそうにあたしをチラリと見ては視線を逸らす。

その行動が何を意味するのか、あたしには分からなくて。もしかしたら、芹羽くんとのことを聞くことになるのかもしれないと、徐々に痛み出す胸の前でぎゅっと手を握った。

最悪の結末はちゃんと想像してきた。だから、きっと大丈夫。

自分を励ますように、あたしは柚季ちゃんの次の言葉を待つ。

「あれはね、奏音ちゃんだから話したんだよ」

眉間に皺《しわ》を寄せて、なんだか嫌そうな顔をする柚季ちゃんの表情からは、話の意図が見えない。

あたしは首を傾げた。

「……あたしだから？」

「あんまり広まるとね、すっごく嫌なんだけど、友達認定したから教えるんだからね」

本当に嫌そうにため息を吐き出した柚季ちゃんは、椅子に座り直すとあたしにまっすぐ向き合った。

芹羽くんと付き合っていることを公にすることが、そんなに嫌なのだろうか？

こっそり鍵を手渡したりするくらいだから、二人が特別な関係であることは考えるまでもなく分かる。だから、本当はその続きは聞きたくない。聞きたくはないけれど……

「あたしのおじいちゃんね、実はここの高校の校長先生なの」

そっと、周りを確認してから小声で囁くように柚季ちゃんは答えた。

――ん？

一瞬、あたしの頭の中で思い描いていた最悪の展開が、カタンッと傾いた。

「でね、芹羽くんとは何かの縁があるらしくて、色々と甘いのよ。旧校舎の音楽室も、卒業するまで好きにしていいっておじいちゃんが簡単に許しちゃったみたいだし。髪だってめっちゃ明るいのに怒んないし。まぁ、そこは成績いいから大目にみているんだろうけど。あたしだって髪色変えたいのにさぁ、おじいちゃんに言ってもダメだ！

の一点張り。毎日いろんなリボンつけて気分を紛らわせって大量のリボン押し付けてくるから、この有様よ」

しゃべりだしたかと思えば、盛大にため息をつかれる。

困惑している間に、柚季ちゃんの謎は解き明かされてしまった。

「え、これでよかったの？　奏音ちゃん的には」

夢香ちゃんがシルバーのスタッズ付きリボンを腕に巻き付けながら聞いてくる。

「あ……えっと、昨日、柚季ちゃんが芹羽くんに渡していた鍵、は……？」

「え？　鍵？　あ！　まさか!!　見てたの？　誤解だよー！　あたしは鍵の引き渡し役に使われていたんだよ！　しーかーもっ!!　おじいちゃんってば、ついにあの音楽室の合鍵作ったんだよ。他の先生にバレたらまずいとか言って、あたしに渡してこいって言うし、意味わかんないでしょ？　悪い校長だよ、まったく」

至って真面目な話の長い校長先生だと思ってはいたけれど、孫にここまで言われてしまうのはかわいそうだ。

「えっと……つまり、柚季ちゃんが実は芹羽くんと付き合っていた、とか、そういう話は……」

「「はぁ？　何それ、ないでしょ」」

一刀両断。

それどころか、空気がほどけたのを感じたのか、二人が一気に話し始める。

「柚季は年上好きだもんねー」

「あ！　そこはまだバラさないでよ！」

「いーじゃん、友達認定したって言ってたじゃん」

「そーだけど」

「大丈夫、奏音ちゃん鈍いからバレないバレない。あ！　あたし部活行かなきゃ！　じゃあねー」

「あ！　逃げたし！」

怒りながら振り向いた柚季ちゃんは、呆れた笑顔の後に無表情に戻る。

「ってか、あたしと芹羽くんが付き合ってるとか考えていたの？　無駄な時間だったね」

ばっさりと言い切られて、昨日の自分が本当に惨めになってくる。と、同時に心の奥底から安心感が沸き上がってきた。どこにどうしたらいいのか分からない気持ちのまま、椅子の背にもたれかかると、柚季ちゃんがふにゃりと笑った。

「あたしさ、昨日鍵を渡す時に芹羽くんと話したんだよ。今まで挨拶程度しかしたことなかったのにさ、奏音ちゃんのでんぶマスコット、リュックにぶら下げてたから。鍵渡すついでに、つい話しかけちゃったらさ、めちゃくちゃ惚気《のろけ》られたんだけど」

「……え……」

「だから、あたしバラしちゃったよ？　芹羽くんの為に時間も気にしないで一生懸命、怪我までして作っていたんだよって。分かるよね？　その意味って」

頬杖を付いてにっこり笑う柚季ちゃんに、あたしは戸惑う。

「え、それって」

「いやいや、その続きは直接本人に聞きなよー。あの顔はねぇ、両想いだと思うんだよなー、あたしは」

「えぇ……」

柚季ちゃんのにやける顔を見て、頬どころか額まで熱くなる気がして、顔を押さえた。

「まぁ、実際は分かんないけどねーっ。奏音ちゃん次第かもしれないしね。頑張って！」

そうして最後に微笑んで、柚季ちゃんは自分の作業に取り掛かり始めた。

あたしはぐるぐる考え込みながら、でんぶちゃんマスコットに向き合っている。

――ああ、あたしのとんでもない勘違いじゃん。

どうしよう、あたし、芹羽くんに態度悪かったよね。心配してくれていたのに。心配……してくれていたんだ、よね？

『両想いだと思うんだよなー、あたしは』

柚季ちゃんの言葉を思い出して、一気に熱が頭上を突き抜けていく。

うわー、芹羽くんに会いたい。会って謝りたい。変な誤解をして、勝手に落ち込んで泣いて。あたし、何やってるんだろう。

『上手くいかなかったり失敗したりしたって、それはみんな人生の通過点に過ぎないんだよね』

うん、お母さん、あたしも今まさにそれかもしれない。

失敗している。芹羽くんのことになると頭が回らなくなって、余計なことを考えちゃって、疑って受け入れるのが怖い。でも、自分の気持ちに嘘だけは吐きたくない。

恭ちゃんがまっすぐなのがすごいって思った。

あたしだって、芹羽くんにまっすぐ、向き合いたい。

よし、決めた。あたし、芹羽くんに謝ってちゃんと想いを伝える！

意気込んであたしは、自分の分のでんぶちゃんマスコットを作り始めた。

「また陽がいつの間にか落っこちてるー」

ようやく、もう一つのでんぶちゃんが出来上がった頃には、空は半分夕焼け色で、半分藍色に染まっていた。集中から解き放たれたあたしは大きく伸びをする。

そこへ、コンコン、とノックするように壁が叩かれた。

「奏音ちゃん終わった？」

「え⁉　夢香ちゃん？」

「今日はあたしが鍵、預かったよ。恭太もそろそろ終わるから迎えに行かないと」

カバンを肩に掛けて、夢香ちゃんがあたしの目の前にやってくる。あたしは慌てて裁縫道具を片付けながら聞いた。

「あのさ、夢香ちゃん……夢香ちゃんは、恭ちゃんに……」

告白した？　って、聞いてみたい。

だけど、二人の関係はあたしが出会った時から今も変わらない気がするし、もしかしたら、まだ想いを伝えていないのかもしれない。

どうしよう、と思っていたら、夢香ちゃんが優しく笑った。

「告白、してないよ」

「……え」

「恭太にはまだあたしの気持ちは伝えてない。だって、明らかに今告白したってフラれるじゃん。恭太は奏音ちゃんのことめちゃくちゃ好きなんだから」

「あ……」

そうだよね。

あたし、無神経に何を聞こうとしていたんだろう。夢香ちゃんだって、まだ悩んでいるのに。

簡単に、夢香ちゃんと恭ちゃんが好き同士になれば良いのになんて、あたしの勝手な思い込みだ。

恭ちゃんは今でもあたしに優しいから、夢香ちゃんは毎日辛い想いをしているのかもしれないのに。

あたしが柚季ちゃんと芹羽くんが付き合っているかもしれないって考えた時、すごく苦しくて、辛かったんだから。

黙り込んだあたしの暗い思いを吹き飛ばすように、夢香ちゃんがニッと歯を見せて笑う。

「でもさ、いつか来るでしょ？　チャンスが！　あたしが恭太を好きでい続ける限り。恭太が奏音ちゃんを本当に諦めた時が、あたしの出番だよ！」

夢香ちゃんは、かっこいい。

苦しいも辛いも、全部受け止めてしまえる強さを持っている夢香ちゃん。

あたしも、そんな風に強くなりたい。

きっとこれから、悩んだり苦しんだり、たくさんたくさんあるのかもしれない。

だけど、怖がっていたら前には進めない。

「あたし、頑張ってみる！」

「……うん、頑張れっ」

グッと親指を立てて笑う夢香ちゃんに、あたしも同じように親指を立てた。手にしていたでんぶちゃんマスコットがぷらんっと下がると、夢香ちゃんの視線がそこに留まって、目が見開いていく。

「……っぶ！　あはははははっ‼」

噴き出して笑い始めた夢香ちゃんに驚いたあたしは、手にしていたでんぶちゃんマスコットを見る。

「それ最高じゃん！　大丈夫だよ！　絶対に上手くいくから！　不安になんないで！」

笑いを堪《こら》えながら必死に夢香ちゃんが言ってくれる。

でんぶちゃんの顔は、ニコニコ笑顔の刺繍《ししゅう》をしたはずだったのに、目は笑顔だけど、眉毛が反対向いて反り返っていて、思い切り苦笑いしているような困った顔をしていた。

上下間違って刺繍《ししゅう》してしまったのだ。

あー、もう。あたしの心の中の焦りが現れてしまったのかもしれない。

がっくりと肩を落としたあたしに、夢香ちゃんは笑いを堪《こら》えながら肩に手を置いてくれた。

「奏音ちゃん天才！　芹羽くんのでんぶといい、そのでんぶといい、不器用すぎるとこが二人みたいでそっくりだよ！　あたしは奏音ちゃんの味方！　恭太の恋の応援なんてしてやんないんだから。だから、頑張って想い伝えておいでよ。そしたら、恭太だって諦めるでしょ？　で！　あたしも覚悟決めるからさ！」

もう一度、ニッと笑った夢香ちゃんに、あたしも笑った。

――どうして、みんなはあたしが芹羽くんのことを好きだって分かっちゃうんだろう？

みんなに励まされて、応援してもらえて、あたしはすごく、幸せだ。

だから、うん、頑張ろうっ！

＊

次の日の朝、あたしにとっては決戦の日。

恭ちゃんには「先に早く行くから」とメッセージを送って、夢香ちゃんには「頑張ってくる」とメッセージを送った。

おばあちゃんのお味噌汁は今日も美味しい。

母は仕事が休みで、道香さんと一緒に買い物に出かけるようだ。

リュックにでんぶちゃんマスコットをぶら下げて、あたしは靴紐を結び直す。「行ってきますっ」と玄関を開けた。

サーッと、静かに小雨が降っている。

「やだ！　雨？　奏音、傘持って行ってね。せっかくおろしたてのスカート穿いたのに、着替えようかなぁ」

母が空を見上げて残念そうに言う。

ああ、天気は憂鬱だ。どんよりして灰色が広がる空は、いくつもの細い線を描く。ミストのような細かい雨は意外と濡れてしまうものだ。

あたしは薄ピンク色の傘を手に取って開くと、一歩外へと飛び出した。

雲の切れ間から差し込む一筋の光の線が、田んぼの向こうに見えた。晴れ間が、やがて来るのを感じる。

良かった、きっと学校に着く頃には晴れるかもしれない。さっきまで重たく感じていた足取りが、軽くなる。

水たまりをリズミカルに避けながら、あたしは学校までたどり着いた。

旧校舎に視線を向けて、周りを確認したあとに進んだ。伸び切った雑草が行く手の邪魔をする。だけど、なんだかそれにすらワクワクしてしまうほどに、あたしの心は晴れやかだ。

冷たい雨粒が、スカートから伸びた足の素肌に触れては流れ落ちていく。

ここで、芹羽くんと出逢えたから。

きっと導かれたんだよね、カノンの旋律に。

見上げた空からは、まだ細かい線が降り注ぐ。

ようやく晴れ間を覗かせた太陽が、雨の線を銀色にも金色にも輝かせてみせた。

ふいに、流れ来るのは『春の真ん中』。

せつなくて、泣きそうで。だけど、楽しそうに弾んでいくリズム。

芹羽くんが弾いているんだと、すぐに分かって窓辺に駆け寄ると、中を覗き込んだ。

だけど、逆光で中は何も見えない。

「……中村さん？」

少しだけ開いた隙間からすり抜けてきた声は、芹羽くんの驚いた声だ。ピアノが鳴り止む。窓がガラリと大きく開いて、芹羽くんが現れた。

瞬間、雲の中にいた太陽が全部顔を出して、世界を明るく照らした。

眩しそうに目を細めた芹羽くんが、あたしを見て困ったように笑ってくれる。

「僕には、君に何かしてあげることは、出来ないの？」

そっと頬に触れられた指。

芹羽くんの笑顔が見たくて、会いたくて、大好きで。

溢れてくる気持ちが、言葉にならずに涙の雫になって流れていく。

「芹羽くん……あたし、芹羽くんのことが……」

涙でぼやけて、見たいはずの芹羽くんの顔が見えなくなる。

想いを伝えるのに精一杯で、涙を拭う余裕もない。次の言葉を言おうとした瞬間に、芹羽くんの顔が近づいて、ふわり、頬に温かい感触が落ちる。そして、ぎゅっと強く、抱きしめられた。

驚いて瞬《まばた》きをした瞬間に、涙は全てこぼれ落ちていって、今度こそ視界が鮮明に見えた。

「その続きは、僕に言わせて」

耳元で聞こえる声。

あったかいのは、芹羽くんのぬくもりに包まれたからだった。

ぽつり。

「……大好き」

耳に聞こえたのは、鍵盤に初めて触れた時のような、不器用でとても優しい音。

伝えるって、こんなに苦しいのに、芹羽くんが言ってくれた言葉に、全部すくわれる。

あたしも芹羽くんを抱きしめて、何度も何度も頷いた。

雨はすでに止んでいた。日差しも柔らかく差し込んで、木々や草花に降り注いだ雨粒がキラキラと宝石みたいに煌《きら》めいている。

幻想的な世界に、あたしと芹羽くんの二人きりしかいないみたいな、そんな感覚になって、芹羽くんから離れたくなくなった。

トクン、トクンと、ゆっくり芹羽くんの鼓動があたしの耳に聞こえてきて、なんだかすごく、安心する。

あたたかくて優しくて。すべてを受け止めてくれるように感じる芹羽くんの広い胸に、顔をうずめたまま、くぐもった声で「あたしも大好きだよ」と、伝えた。

恥ずかしくて、顔を上げられずにいると、さっきまで心地よくリズムを奏《かな》でているように感じた鼓動が早くなっていくのが分かって、あたしは思わず顔を上げて芹羽くんのことを見上げた。

耳まで真っ赤になって、片手で隠そうとしても、隠しきれていない。急にあたしまで、全身の血液が沸騰してしまったように熱くなった。

もうこれ以上恥ずかしくなるのは照れくさくてそっと離れると、お互いの照れた顔を見て、なんだかおかしくなって笑い合った。

カサカサと風に揺れているのか、音を立てる草花。だけど、今風は、吹いていない。

ガサガサと音を立て始めるのは……なんで？

「あ――――!!　もう見てらんねぇ！　はい！　終わりー！　終わりっ！」

いきなり聞こえてきた聞き覚えのある声に、あたしと芹羽くんの肩がビクリと飛び跳ねるみたいに震えた。

「なっ……!!」

あたしから離れた芹羽くんが、顔面蒼白。その視線の先に振り返った。

「めっちゃよかったよぉ!!　ドラマみたいだったぁ！　あたしにもしてほしいなぁ、武人ぉ」

「するかボケっ」

右から絵奈ちゃんと武人くん。

「感動したぁ！」

「俺はめっちゃくちゃ腹立たしいっ!!　っつか、見たくなかったし――!!」

「おめでとう！　奏音ちゃんっ」

左からは柚季ちゃんと恭ちゃん。そして、拍手喝采の夢香ちゃんの姿。

「え、ちょっと、待って……なんで？」

――どうしてみんながここにいるの？

状況の呑み込めないあたしの頭の中は、パニック状態。困惑する頭を抱えていると、芹羽くんもあたしと同じ状態に陥《おちい》っている。

夢香ちゃんがそんなあたしたちにびしっと親指を立てた。

「奏音ちゃんさ、昨日の宣言からの、『頑張る』ってメッセージ、告白しに行きますって予告してるようなもんじゃん？　こんな絶好な環境まで整えてさぁ。これって、見に来てくださぃ、応援しててください、見守っててくださいってことでしょう？」

「間違いないね」

夢香ちゃんの言葉に頷く柚季ちゃんと絵奈ちゃんに、もはやあたしは何も言えない。

「芹羽！　ぜってぇ奏音ちゃんのこと幸せにしろよ！　泣かしたら許さんからな！　隙あらば奪うし!!」

言いながら涙目で遠くなっていく恭ちゃんに、みんなが哀れな目を向けている。

「負け犬の遠吠えね……」

冷静に呟いた柚季ちゃんも、スマホを確認すると「行かなくちゃ」と去って行く。

「あー、今日ってぇ、お花の水換え当番じゃなかった？　ほら、武人。行こっ」

「は？　ちげぇし」

「いーから！　行くの！」

武人くんの腕をぐいぐいと引っ張って、絵奈ちゃん達も去っていく。

「邪魔したかったわけじゃないんだよ。あたし達嬉しいの！　芹羽くんも、これからはあたし達にもどんどん話しかけてよ。奏音ちゃんのこと色々教えるよぉ〜、じゃあね！　あとはお二人でごゆっくりぃ」

手を振って、にぃっと笑顔を残して夢香ちゃんも最後に行ってしまった。

一気に静まり返ってしまうと、いつものあたしと芹羽くんの特別な空間へと戻った気がした。

空はすっかり晴れて、青空が目に染みるくらいに眩しい。

「なんか、奏音ちゃんの周りには面白い子が多いよね」

ははは、と笑う芹羽くんの笑顔にキュンとなる。

「芹羽くんも、みんなと仲良くなってくれたら嬉しいな……」

見上げた芹羽くんと目が合って、微笑み合う。

「相楽くんの野球の応援、一緒に行ってもいいの？」

「もちろんだよ」

「お守りとか、作ってあげたりしたの？」

ふとそう聞かれて、慌てて首を横に振る。

「え……ううん」

「そっか」

「お守りは、芹羽くんにだけだよ。でんぶちゃんが好きなのも、芹羽くんだけだし。あ、あたしのも出来たの！　でもね、向きを間違えちゃって、なんだか困った顔になっちゃって……とことん不器用なんだなって、自分でも笑っちゃう」

そう言えば、まだ見せていなかった。あたしはリュックに付けていたでんぶちゃんマスコットが見えるように芹羽くんの方へと向けた。

手に取って見ていた芹羽くんの口角が上がっていって、笑顔になっていく。

「僕のでんぶより上手くなってる気がする」

「え！　本当っ？」

「うん、なんとなく。これってさ、お揃い？」

「あ……う、うん」

上手になったと褒められて嬉しいけど、お揃いでとか、嫌じゃないかな。

昨日だって、リュックから外していたわけだし──

急に不安になって、芹羽くんのことを見れなくなってしまう。すると芹羽くんが室内に戻って行ってしまった。

「もう行かなきゃ、遅刻になるから、そっちに回って」

また戻ってくると、そう言って窓を閉めてカーテンも閉まった。

あたしは、不安な思いで非常扉の前で芹羽くんのことを待つ。

「お待たせ、行こうか」

だけど、鍵を閉めている芹羽くんの背中——彼のリュックの横に、でんぶちゃんマスコットがゆらゆらと揺れて付いているのを、見つけてしまった。

なんだろう。胸の奥がきゅーっと、愛おしくなる。

お揃い、嫌じゃないんだ。良かった。

安心していると、芹羽くんが照れたように笑った。

「ちょっと恥ずかしいけど、お揃いは嬉しいよ」

先に歩き出す芹羽くんの耳は、やっぱり赤い。何度見ても、あたしはその反応を見る事が嬉しくて。急いで芹羽くんに駆け寄って、隣を歩いた。

「今日の放課後、『春の真ん中』聴きたいな」

「いいよ。これからは、いつでも弾いてあげるよ」

スラリと細くて長い指先が視界に入る。


ピアノを弾いてくれる、芹羽くん。

あたしの話を聞いて笑ってくれる、芹羽くん。

素直になれずに反抗してしまった、芹羽くん。

あたしを心配してくれて、眉を顰《しか》める芹羽くん。

あたしの知らない芹羽くんは、きっとまだまだいるはずだ。
いつか切ない音も、弾むようなリズムに変えたい。
芹羽くんとなら、不安な未来も、別れの悲しみも、恐れることはない。
きっと、大丈夫。あたしには、頼れる友達も母もいるから。だから、大丈夫。
後悔しない人生なんてない。やるだけやって、楽しむ！
今をあたしは、生きているんだから。
思い切って、芹羽くんの手を掴んで繋いでみた。
驚いた顔をして振り向く芹羽くんに、あたしは笑顔を向ける。
大好きな芹羽くんと一緒なら、きっと。未来は明るい。

◉定価：726円（10%税込）　◉978-4-434-31524-4　◉イラスト：へちま

本当の家族じゃなくても、一緒にいたい——

高校二年生の由依は、幼い頃に両親が離婚し、父親と一緒に暮らしている。だけど家庭を顧みない父親はいつも自分勝手で、ある日突然再婚すると言い出した。そのお相手は、三十二歳のキャリアウーマン・琴子。うまくやっていけるか心配した由依だったけれど、琴子は良い人で、程よい距離感で過ごせそう——と思っていたら、なんと再婚三か月で父親が失踪！　そうして由依と琴子、血の繋がらない二人の生活が始まって……。大人の事情に振り回されながらも、たくましく生きる由依。彼女が選ぶ新しい家族のかたちとは——？

定価：726円（10%税込）　ISBN978-4-434-33746-8

イラスト：細居美恵

突然できた妹は、
角&牙がある半妖!?

小学生の時に母を亡くし、父とふたりで暮らしてきた女子高生の杏菜。ところがある日、父親が小さな女の子を連れて帰ってきた。「実はその、この子は、おまえの妹なんだ」「くり子でしゅ。よろちく、おねがい、しましゅっ!」――突然現れた、半分血がつながった妹。しかも妹の頭には銀色の角が二本、口元には小さな牙があって……!?　これはちょっと複雑な事情を抱えた家族の、絆と愛の物語。

◉各定価:726円(10%税込)　◉Illustration:鈴木次郎

これは、孤独な少女が
龍の道士と幸せ夫婦になる物語――

後宮で生まれ育ち、一度も外に出たことがない孤独な公主・雪花《セッカ》。幼くして母を失った彼女は、先帝の娘でありながら後ろ盾をもたず、虐げられて生きてきた。そんなある日、雪花の兄・普剣《フケン》帝が彼女に降嫁を命じる。相手は龍の血を引く一族の末裔・焔蓮《ヤンレン》。国のため、特別な血筋を絶やさぬよう子を成すのが自らの役目――そう覚悟を決める雪花に、夫となったはずの蓮は意外な事実を告げる。それは、この婚姻は偽りで、雪花を後宮から救い出すためのものなのだ、ということで……？

◎定価：726円（10％税込み）

◎illustration:さくらもち

この作品に対する皆様のご意見・ご感想をお待ちしております。

おハガキ・お手紙は以下の宛先にお送りください。

【宛先】

〒150-6019 東京都渋谷区恵比寿 4-20-3 恵比寿ｶﾞｰﾃﾞﾝﾌﾟﾚｲｽﾀﾜｰ 19F
（株）アルファポリス　書籍感想係

メールフォームでのご意見・ご感想は右のＱＲコードから、
あるいは以下のワードで検索をかけてください。

アルファポリス　書籍の感想　検索

ご感想はこちらから

アルファポリス文庫

春《はる》の真《ま》ん中《なか》、泣《な》いてる君《きみ》と恋《こい》をした

佐々森りろ（ささもり りろ）

2024年 4月 25日初版発行

編　集ー古屋日菜子・森 順子
編集長ー倉持真理
発行者ー梶本雄介
発行所ー株式会社アルファポリス
〒150-6019 東京都渋谷区恵比寿4-20-3 恵比寿ｶﾞｰﾃﾞﾝﾌﾟﾚｲｽﾀﾜｰ19F
TEL 03-6277-1601（営業）　03-6277-1602（編集）
URL https://www.alphapolis.co.jp/
発売元ー株式会社星雲社（共同出版社・流通責任出版社）
〒112-0005 東京都文京区水道1-3-30
TEL 03-3868-3275
装丁イラストーふすい
装丁デザインー徳重 甫＋ベイブリッジ・スタジオ
印刷ー中央精版印刷株式会社

価格はカバーに表示されてあります。

落丁乱丁の場合はアルファポリスまでご連絡ください。

送料は小社負担でお取り替えします。


ISBN978-4-434-33744-4 C0193